陪你穿越孤独与人海

有幸被爱 无畏山海

温血动物 著

陈昌 主编

浙江教育出版社·杭州

『有两件事想告诉你：一、你已经很棒了；二、都会过去的。』

「对我来说，风光无限的是你，跌落尘埃的也是你，重点是「你」，而不是怎样的你。」

「都会上岸，永远值得，阳光万里。」

「永远不要忘记好好地说再见。」

目 录

01

谢 谢 你 曾 路 过 我 的 生 活

前两天，在家整理东西的时候无意中翻到了存放毕业照的文件袋，打开的时候，里面依次叠放着小学、初中、高中和大学的毕业照。

当我对着照片上的面孔回忆他们的名字时，却发现有很多人已经记不起来了。

不管在学生时代，我们对彼此的印象有多好，在同学录上写下过多么真挚的约定，毕业之后，我们还是像短暂交会又很快回到各自轨道上的相交线，不可避免地越来越远。

这种"相交线"般的人际关系一直延伸到了我工作以后，慢慢地，成了我生活里的一种常态。

在一家公司实习期间，我和几位关系不错的同事私下里建了一个小群，在里面除了沟通工作之外，有谁在生活中遇到不开心的事，我们都会互相安慰鼓励。

自从建群之后，我们几个的关系也比之前更加紧密了，但这样的状态并没有持续很久。

实习期结束以后，我就从那家公司离职了，我的离职也成了一个节点，从那以后，那个群也逐渐变得冷清。

我们只有在空闲的时候才会寒暄几句，之后又继续把注意力放回到自己的生活上。

有一次，我在朋友圈里刷到其中一位同事的动态才知道她已经离职了，私信她才知道她早就离开那座城市回老家了。

在这之前，虽然我们经常在朋友圈里分享自己的生活，但我们似乎都很默契地在彼此的生活之间划出一条分明的界线，只有在发生什么的时候才会越过那条界线主动关心对方。

后来，我再想在群里发起聚会联络感情的时候，却发现这个群不知道在什么时候已经被解散了。

经历过那件事，我失落地得出一个结论：反正遇到的很多人，最后都会像那个不知道哪天就被解散的群一样，不知道哪天就成了陌生人，因而也就没有必要总是费力经营和维系每一段关系了。

2

于是，在那之后，我开始带着一种近乎消极的态度对待身边的人。

去年三月初，我经历了一次搬家，在公司附近租了一个小单间，一起合租的还有一个喜欢做饭的大姐姐和一个养猫的男生。

平常我们很少遇到，就算周末都在家，在公共区域遇到的时候也只会打个招呼，然后又各自钻到自己的房间里，一待就是一天。

不知道哪天就都搬走了，努力经营的室友关系出了这个门可能就变样了，我这么想。

后来，没过多久，那个姐姐真的搬走了，住在一起半年多，直到她搬走那天，我连她叫什么都还不知道。

原以为这种状态可以为我避免人际关系中的不少失落，但其实它却让我长久地陷入了更大的失落里。

因为消极社交并没有让我变得轻松，反而让我在很多遇到事只有一个人的时候感受到了难以忍耐的孤独。

这让我意识到，为了减少失望给自己罩上一个透明的"玻璃罩"并不是明智的选择，因为它在隔绝失望的同时，也隔绝了让我变得快乐的可能性。

3

不久前，我在刷朋友圈的时候，无意中看到一个很久不联系的朋友发了一条动态，内容是回忆起大学时候的一些人和事。

当我看到她提到和我之间的故事，还在配图里放了一张我和她的合照时，整个人瞬间就被击中了。

因为自从毕业以后，我们就不明缘由地从彼此的生活里淡出，连带着曾经的回忆也不断被新的人和事覆盖。

这种突然在某一天发现自己被别人记在心上的超预期心理让我改变了对人际关系的一些看法。

很多时候，并不是每个人在回忆往事，想起某个人的时候，都会像我的这位朋友一样，用发朋友圈的方式表达出来，并能够被那个人看到。

因此，我们并不总能体会到别人需要和重视自己的"超预期"心理，而这样的遗憾也不该成为我们"回避社交"的理由。

能够被曾经的朋友记起是一件令人感到幸运和温暖的事情，尽管我们早已在不自知的时候就说过了"再见"。

不管岁月如何变迁，总有人能够陪伴在左右是种幸运，而经历数不清的分别和疏远更是一种常态。

我们在相聚时互相珍惜，努力给彼此留下好的印象的意义不是为了让我们永远在一起、永远不被忘记，而是就算被忘记了，也能在未来的某个时刻突然想起彼此。

我记得《寻梦环游记》里有这样一句话：死亡不是生命的终点，被遗忘才是。在好的缘分里，分离和疏远也不是终点，永远地被遗忘才是。

而我们在每一段无法预测的社交关系里，能够做的就是，就算有一天被忘记，也要让自己成为更值得被记起的那个人。

02

别怕，没你想的那么糟

三小时前……

饭好了!

你先吃吧，我先睡会。

我再醒来的时候，已经十点了

客厅里漆黑一片

回到房间

发现她已经睡着了

10

今天到底是怎么了呢

不开心的事都堆在了一起

这个项目搞不定的话，
还是换别人吧。

回来考公务员吧。

哥，爸妈又吵架了！

原本寻常的一天
是从什么时候开始变糟糕的呢

上午十点

我向客户提交了通宵写出来的

第十版方案

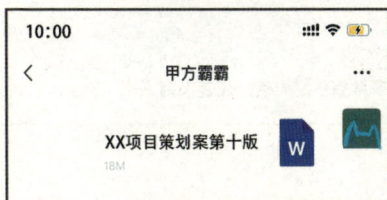

原本以为

终于可以松一口气了

嗡~~~

10:12

微信　　　　　　　　　　　　　现在
甲方霸霸
还是按照反馈再改改吧

不一会儿

老板又单独给我发了微信

微信　　　　　　　　　　　　　现在
BOSS
这个项目搞不定的话，还是换别人吧

我像被人胖揍了一顿似的
在工位上愣了好一会儿

随后

我去楼道里抽了一支烟

看到了大学同学发的朋友圈

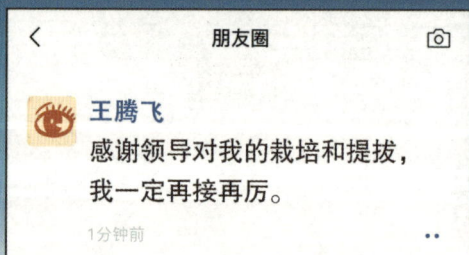

< 朋友圈 📷

王腾飞

感谢领导对我的栽培和提拔，
我一定再接再厉。

1分钟前 ‥

我摸了摸不断后退的发际线

又忍不住点起了第二支烟

下班前

我向客户提交了第十一版方案

客户迟迟没有回复

记不清那是我第多少次

在心里怀疑自己是否适合这份工作

"我可能真的不适合做这份工作吧"

"要不还是主动辞职吧"

现在每天的状态是一上班就想辞职……

一想到没钱就好烦

取消	谁可以看	完成

部分可见
选中的朋友可见

✓ **不给谁看**
选中的朋友不可见

从群选择

○ **老板 同事**
老板，BOSS A，BOSS B，…

拉——

我依然没能从回忆中找到答案

突然想起还没有回复妹妹的微信

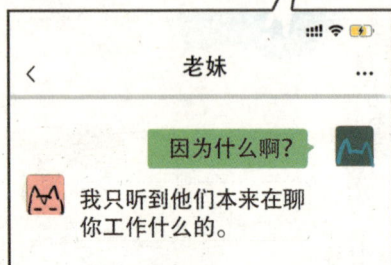

老妹

因为什么啊？

我只听到他们本来在聊你工作什么的。

我才意识到

不久前发的那条朋友圈

忘记屏蔽爸妈了

爸爸一向很支持我来外地工作

而妈妈则希望我留在她的身边

所以他们的争吵大概是因为担心我吧

原来是自己设错了提醒时间

那一瞬间

我突然意识到

所有的不开心

似乎都和最开始的负面情绪有关

如果在方案被否

被老板质疑的时候

能不那么轻易地否定自己

可能同学的晋升消息

看起来就没那么让人气馁了

那么也就不会发出

那条忘记屏蔽爸妈的朋友圈

他们也就不会因为

担心我而发生争吵

我也不会因为他们的争吵

让自己的心情变得更糟

我也不会因为沉浸在糟糕的情绪里

而忘记重要的日期

往往到最后

我们会发现

最开始让自己不开心的事情

只是自己把它想得太糟了

而实际上未必如此

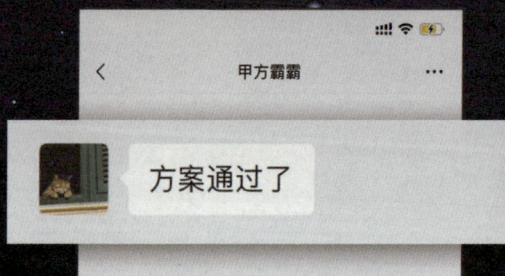

最　后

不知道你们有没有这样的经历，最初只是在生活或者工作中遇到了一点困难，随即就会陷在负面情绪里，无法自拔。

大多数时候，这些负面情绪会顺着社交网络传递给我们身边的人，同时，我们在接收到他们对这些负面情绪的反馈时，可能也会让自己的心情变得更糟。

于是就像触发了连锁反应的开关一样，所有的不开心都接踵而来。

但实际上，最开始让自己不开心的事情到最后未必有自己想象的那么糟，而由最初的负面情绪引起的一连串的不开心也就显得很没必要了。

记得小时候，我们学校经常把重要的考试安排在假期前，每次考完试，别人可以做到轻轻松松地享受假期，而我在整个假期里都会因为担心成绩而惶惶不安。

结果回学校公布分数之后，竟发现自己考得比预期的还要好，就会觉得放弃原本可以让自己放松和开心起来的机会，真的很可惜。

后来，我也想明白了一件事，我们虽然无法回避悲伤难过，但我们也没有理由因为沉溺在其中而挤掉原本可以拥抱的快乐。

因为快乐本就很奢侈了，不是吗？

03

//

我们还能再回到从前吗

有一天我在加班，

突发奇想登录了很多年前的 QQ。

果然，登录失败。

找回密码，问我："你的梦想是什么？"

我恍惚了一阵子。

发财？不对。

买房？错的。

有人爱我？也不对。

好烦啊，梦想，我真的有过那种东西吗？

我只知道，

这是我连续加班的第 26 天。

我的方案被拒了 6 次，

老板对我吼了 4 次。

而我去厕所里哭了3次，

无端吐了2次，

打瞌睡无数次。

总是刚刚睡着就被电话吵醒。

即便时间那么短，

我也还是会做梦。

很遗憾，

梦里什么都没有，

包括梦想，

那里空荡荡的。

可能这就是成年人的世界吧，

没有生活，只有生存，

没有梦想，只有幻想。

曾经有人告诉我，痛苦是因为还有期待，

没有期待，就不会有痛苦了。

好像有点道理，

只是，我还有机会吗？

对此，

我一直心灰意冷。

直到有一天我参加了时光机的实验，

她们说，能让我回到过去，改变未来。

于是，我就被送回了十八年前……

2002年，夏

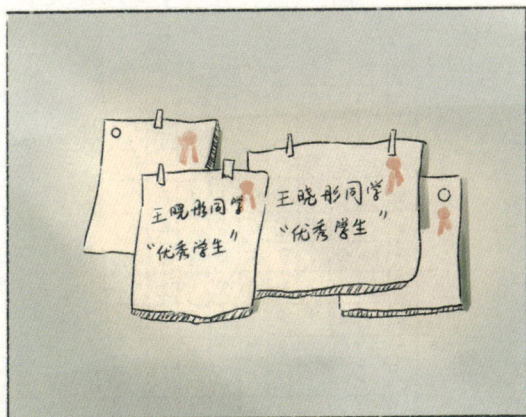

我的梦想

长大后我要做一名教师，传道授业，将来世界会因我学会……让世界不再有痛苦，让世界不再是……让人类学会……工程师、科学家……让他们、我家、为他……世界会变得美好。

没错，这确实是我，

总有一些不切实际的幻想，

总能因为一些小事就开心很久。

一直傻乎乎的，难怪长大后容易吃亏。

"长大是人必经的溃烂"，

我一直以为这话是塞林格说的。

霍尔顿拒绝长大，他只想做个麦田里的守望者。

彼得·潘永不长大，他想永远做个小飞侠。

我甚至听到过这样一句话，

"除了对长大的恐惧，

小孩子基本上就没什么烦恼了。"

长大，真的有那么痛苦吗?

快三十岁了，

还没有找到属于自己的爱情。

每天下班回家都感到孤独。

从来没有得到过一句夸奖。

房子买不起，

首付遥遥无期。

努力工作还被人讽刺，

"你配吗？"

"你配吗？"

"你配吗？"

是啊，如果一开始就不抱期望的话，

人生，也许就不会这么难了吧？

所以，对不起了，王晓彤同学。

算了，就这样吧，

时间不够了，

我要回去了。

希望，我说的这些是有用的吧，

再见了，王晓彤同学。

可是，为什么我还在这里，

一样的场景，

一样的夜晚，

我依然在加班。

依然，看起来很努力，

要说有什么不一样的话，

那就是，我好像，知道答案了……

敲——

验证方式：密保问题 ▼

"你的梦想是什么?"

答案：相信未来

原来如此，

王晓彤同学。

即便知晓未来如何，

你也依然义无反顾吗？

看来我就是这样一个无可救药的人啊，

无法灰心，亦不会颓废，

永远怀抱希望，哪怕迎接的只有失望。

既然如此，

那我也只能埋头继续下去了！

加油，王晓彤。

我们总是在犹犹豫豫中失去最好的时机，

我们总是在寻寻觅觅中丢失掉最初的自己。

其实，最好的时机永远是当下，

最值得托付的永远是未来。

最初的自己，亦是未来那个最好的自己。

不忘初心，相信未来，

未来，终会为你而来的。

最后

朋友问我，信不信命？

我说我不信，他又问，那你在外面混了这么些年，一事无成，又怎么说呢？

我笑笑，说，也许这就是命吧。这不重要，重要的是你的态度。

特德·姜有一篇短篇小说叫《你一生的故事》，也就是电影《降临》的原著。

在这个故事里，女主通过解读外星人的语言，获得了了解未来的能力。她被告知，最终自己会和心爱的丈夫离婚，并且，自己的女儿也会死于疾病。

当你知道自己未来命运的时候，你还会义无反顾地走下去吗？

电影最后，女主角并没有说什么，而是像什么都没发生一样，继续着自己的人生。

想到她必将走向痛苦，突然有了一丝古希腊悲剧的意味。

但我相信，她的一生，必定是非常精彩的。

在这一份"知其不可为而为之"的决绝中我也看到了人的价值。

我并不相信命运，所谓命运，不过是你的所作所为所产生的影响的集合，如萨特所言，人是他行动的结果。

面对人生，做一个行动的人，永远不会过时，想必也不会后悔。

东野圭吾有一段话：

"人无论在什么时候都会感受到未来，无论怎样短暂的一个瞬间，只要有活着的感觉，就有未来。我告诉你，未来不仅仅是明天。未来在人心中。只要心中有未来，人就能幸福起来。"

送给你，与你共勉。

04

我可以抱你吗，前任

我们就像两颗流星，都有各自的轨道

一个劲地往自己的方向飞去，没有回旋的余地

一旦相遇就是错过

一旦错过了，就永远不会重逢

1

我最后一次见到前男友的时候，是在地铁站附近。

那时候我们分手已经有一段时间了，我们认识有十年，在一起三年多，分手后，就没有过任何联系。

我们聊了一会儿以前一起养的猫的近况，最后他送我到上车的地方。

车快进站了，他问我："抱一下，好吗？"

我拒绝了，摇头，转身上车。

剩他一脸落寞地站在那儿，目送我离开。

我想我永远都忘不了那个眼神。

2

高中毕业那段时间，刘波就天天找我聊天。

那时候2009年，我们都刚买手机，没 Wi-Fi 的地方，根本舍不得开流量，但刘波就一个劲地给我发照片。他食堂的黑暗料理啊，他们破旧的图书馆啊，路边的一只小狗啊，天边的一朵长得

像爱心的云啊之类的，走到哪儿拍到哪儿，拍完了就给我发。

当一个男孩给你发他各种角度的自拍照的时候，他可能只是在消遣，而当一个男孩愿意跟你分享他的一日三餐和鸡毛蒜皮的日常，他大概是喜欢你。

高中那时，我就察觉到他对我有点意思。当时他晚自习，借我MP3听，一下自习就跑了，说拿回家给我充电。后来还给我的时候，里面多了一首周杰伦的《简单爱》。当时我们就有点暧昧，经常一块儿去倒垃圾，跟歌里写的差不多，连隔壁的班主任都差点知道。

后来，我们几乎每天都会聊天。他也一直没有表白。差不多两年之后，大二下学期我们才正式在一起。当时他喝了不少酒，加上宿舍哥们儿给他壮胆，然后就跟我表白了。

我相当冷静地说："你现在醉了，等你明天酒醒了，我们再讨论这个问题吧。"

结果第二天一早，他就站在我宿舍楼下了，手里还捧着豆浆和油条。

3

夏天出去玩的时候，太阳在哪边，他就一定站在哪边，偷偷地给我挡住阳光，虽然他个头并没有比我高很多。

那时他跑去考驾照，每天挤着排队练车，暑假晒得跟焦炭似的。我说完蛋了，我还是冬天学车吧。他说，你学车不是浪费钱吗？我说为什么，他说有我给你当司机，你完全没有必要学啊！

就他这种不过脑子的话，听着其实心里还挺感动的。

但另一方面，我必须承认，我真的没有那么喜欢他。

说不上来哪里不对，但总觉得自己把他当成很好的朋友。如果把关于婚后生活的幻想放在他的身上，就觉得有些疑虑，觉得自己并没有坚定地跟这个男人结婚生子的想法，也并没有期待他为我戴上婚戒的场景。这大概就是女生的直觉吧。

我知道自己并没有那么喜欢他，但当时身边追求我的人就他一个，我好像也没有什么其余的选项，而我本身又是抱着试试看的心态跟他谈恋爱，所以难免有些力不从心。

有时候他发过来微信的时候，我都懒得回。

但给他发信息他没有秒回的时候，我又很容易发脾气。

见面的时候，我们也很少牵手。头一次在车站，他揽着我的肩膀，我的第一反应是伸出手也搭住他的肩膀，然后我说，怎么感觉我们像兄弟？他当时很快就松开了手，那是他第一次跟我有肢体接触。

其实后来回想，这事可能也有点伤他自尊吧。毕竟他也是初恋，第一次拥女朋友的肩，得到的反馈只是"诡异"的感觉。

他处处小心维护着我们的恋爱关系，而我却只追求最真实的自我。

即便他省吃俭用在情人节送我一盒巧克力，我也只会收下之后回一句"谢谢"。

他问我味道怎么样，我说还行吧，然后跟他描述自己曾经吃

过一款我妈从国外带回来的巧克力，味道是如何醇厚。说这些的时候，我显然也没有考虑过他的感受。

那天回去之后，他发短信对我说：

"宝宝，如果你不喜欢我，一定要告诉我。我对你没有别的任何要求，但这一点对我来说很重要。不要骗我，这很重要。"

4

后来有一天他忽然没有跟我说"晚安"。

我也没有问他为什么。

第二天他依然没有找我。

我也没有找他。

第三天他问我：如果我不跟你说话，你就永远不会找我，对不对？

我看到他因为这种（在当时的我看来）无聊的问题跟我怄气，感到十分烦躁。

他说，我想了很久，我觉得咱们不合适，要不我们分手吧。

我说，好。

然后我们就这样莫名其妙地分手了。

没有任何争吵，也没有什么出轨。

甚至在交往的两年多时间里，我们几乎都没有吵过架。但好像就是突然有一天，他厌倦了，我也解脱了。

然后像青春小说里写的那样，我开始伤心地意识到自己错过了一个真正爱我的人。

我想起来，我到他的城市，他从来不肯让我掏钱。临走前，我问他：你还有钱吃饭吗？他说，有啊。然后我就坐着高铁回学校了，后来朋友告诉我，那段时间他为了让我住好一点的地方，半夜挨个宿舍跑，去跟兄弟借钱。

但直到分手之后，这件事他也从来没有跟我提过。

他从不会拿自己的牺牲作为道德绑架我的筹码。

而我那时候活得其实挺自我的，从来没想过要讨好谁。即便是在谈恋爱的过程中，也从未想过取悦对方。现在回头想想，只能说自己不懂得珍惜。

不懂得珍惜的意思就是我分不清好坏，那时候我觉得他冒着雨坐火车，辗转几路公交过来看我让我很感动，但仅仅是感动而已。

而我从未想过给他撑伞也会是一种快乐。

5

所以人只有在某个特定的年龄阶段才能拥有纯粹的感情。我想刘波给我的感情是很纯粹的。但当人过了可以任性的阶段以后，再去追寻所谓的真爱就是一种别人眼里幼稚的表现了。

现在我把这个故事的结尾告诉你。

我最后一次见到前男友的时候，是在地铁站附近。

那时候我们分手已经有一段时间了，我们认识有十年，在一起三年多，分手后，就没有过任何联系。

我们聊了一会儿以前一起养的猫的近况，最后他送我到上车的地方。

车快进站了，他问我："抱一下，好吗？"

我拒绝了，摇头，转身上车。

剩他一脸落寞地站在那儿，目送我离开。

再后来的某天，我从朋友口中听到了他生病的消息。

他永远停留在了 24 岁。

而我没有给他的那个拥抱，成了让我想到就心酸的一件事。

我们在一起相处的时间很长，认识他的日子里，他开心的时候占大部分。

正是他那样开心的一个男生，留给我的最后一个表情却是那样的不快乐。

"抱一下，好吗？"

"好呀。"

仔细想想，自己的任性也好，无情也罢，的确在生活的很多地方都留下了遗憾的伏笔。

没有上升到规劝让世界充满爱的高度，但至少对于那些我们应当更好地对待的人，我们不需要吝啬一个拥抱吧？

在他过得不好的时候，一个拥抱，就当是普通朋友的鼓励也不算过分吧？我们都可以活得更宽容大方一点吧？

不是吗？

孤独的是我

不是整个世界

05

男生也是需要安全感的

我在网上常常看到这样的话题，"男生的哪些细节会增加女生的安全感"以及"什么样的男生会让女生有安全感"。

而我们好像很少去讨论，在一段恋爱关系里，男生想要的安全感是什么样的。

这大概是因为，男生在大多数情况下都被要求展示出可以独当一面、情绪稳定的特质，以至于我们很容易忽视掉男生们不轻易说出口的"对安全感的需要"，这关系到一段恋爱关系是否稳定和长久。

接下来，我们想和你分享的是三个人不同视角下关于"男生们想要的安全感是什么样"的故事。

@乔乔

现在我给同一个人打电话，只要无人接听超过三次，我就会感到心慌。

这种条件反射大概是在我上一段恋情里强化出来的。

那时候，我和她两地分居，很多当面很容易就能解决的问题到最后往往都会发酵成一场不小的感情危机。

而大多数危机都有一个前兆，就是她会把平时在聊天消息末尾使用的"哈"和"哦"替换成"吧"，如果是语音通话，通常不超过三分钟那头就会传来一句"我挂了啊"。

随之而来的是一段无法预知什么时候会终止的沉寂。

有一次，我和她说好一下班就坐高铁去找她，提前买好了车票，没想到临时加班，错过了发车时间，只好改签。我把这个消息告诉她的时候，她回了句"好吧"。

过了五分钟，她又发来消息说："要不你这周还是别过来了吧，正好朋友约我去上海。"

我说："别啊，我马上到车站了。"

她没再回复。

下了高铁，我直奔她的住处，敲了半个小时的门，打了12通电话，没有任何回应。后来，我从隔壁住户的口中得知她一个小时前就已经离开了。

那一刻，我突然觉得自己好像在仰望一朵飘浮的云啊，风一吹，那朵云就消失不见了。

经历了上一段感情，我慢慢意识到我想要的安全感大概就是：就算我们不在同一个地方，我也能知道去哪里一定能够找到你。

@ 好多鱼

有一次，我们路过一家水果店，看到一筐又大又好看的橘子，旁边没标价格。想到她喜欢吃，我就说你多拿点吧，她笑嘻嘻地挑了一袋。

拿到柜台称重，老板说："一共七十。"我和她对视了一眼，双双露出一脸不可置信的表情。

老板看我们的反应有些意外，连忙解释说："进口的橘子，今天刚到的，特别甜。"

我掏出手机准备付钱，她突然转身指着另外一筐浅绿色看起来就很酸的橘子问老板："老板，这种多少钱？"老板报了价格，她突然很不好意思地说："那我们买这个吧，我就爱吃酸的。"

说完，她很迅速地把袋子里的橘子一个个放到原处，又到旁边的筐子里挑了一袋又小又绿的橘子。

我转身重新去装橘子的时候，她径直走到柜台，掏出手机付了钱，拉着我飞快地跑了出去。

那时候，我是个到处跑业务的销售员。那个月，没有业绩提成，只拿了三千块钱的底薪。付完房租，日子必须紧巴点过。

这一点我从未和她说过，但她的看破不点破却让我感到更加难过和心酸。

我想，当我能够底气十足地对她说"你想要什么咱们就买"，并且很有把握让她过上稳定幸福生活的时候，大概就是我最有安全感的时候吧。

@cherry

我第一次把男朋友介绍给朋友认识的时候，朋友们的反应表明他们或多或少都有些意外。

我是一名爵士舞老师，在他们的印象里，我是属于那种长得还不错、身材很好的女生，他们一直以为我会找个跳街舞的帅气男生。

我男朋友正好是和他们想象中的男生截然相反的类型，斯斯文文的，话不多，穿衣风格也很朴素。

疫情在家那段时间，我在家练舞，他就忙着研究各种美食。结果到了复工时，我一下子胖了五斤。

我想了想原因，大概是每次练完舞胃口大增，加上抵抗不住男友做的美味饭菜，一下子把跳舞消耗掉的热量加倍补偿回来了。

有次我们边吃饭边看剧，剧里的男生对着他的漂亮女朋友苦恼地说："你知道的，你这么优秀，而我什么都没有，我很没安全感的。"

我扑哧一声笑了出来，按下了暂停键，抬头对男友开玩笑说："你会有同样的困扰吗？"

男友笑了笑，说："不会啊，你的确很优秀，但每次看你吃我做的饭吃得这么香，我就特别有安全感。不是说抓住一个人的心要先抓住她的胃吗，你跑不了咯。"

虽然我们当时在用开玩笑的语气对话，但我们彼此都有被戳到。

我想，当时男友眼神里的笃定大概就是他很有安全感的最好说明。两个势均力敌、在彼此身上都能找到闪闪发光的优点的人离"缺乏安全感"这个困扰应该还蛮遥远的吧。

最后，除了上面的三个故事，我还从采访的其他男生、女生那里得到了很多答案。

例如，"不愿意在家人、朋友面前公开自己的身份""在朋友面前开一些伤害男友自尊的玩笑""动不动就很冲动地说要分手""在和自己交往的过程中，有其他暧昧的异性"……

那么，男生想要的安全感和女生想要的安全感还挺相似的，只不过男生们似乎很少通过语言和行为来表达自己的"需要"，大多数时候会把它们憋在心里。

好一点的情况是有的男生会把这种隐隐的"不安全感"化作一种努力让自己更加优秀、更有吸引力的动力。而糟糕的情况是，这种"不安全感"一边瓦解着男生的底气，一边让感情里的两个人越来越疏离。

有位朋友说的一句话让我印象很深刻，她说："真的爱一个人，是绝对不会忍心看他在感情里受委屈的。"

我想，这句话从另一个角度来看，就是如果一个人真的爱你，也绝不忍心看到你受委屈。

这两句话对缺乏安全感的男生和女生都适用。

06

长大后，我就不会表达爱了

1

不知道从什么时候开始，我就失去了表达爱的能力。

可能就是那次分手之前吧，无数次拿起手机，想给她发些什么，思来想去还是放下了手机。

发"我想你了"？

那太过枯燥，异地两年，不知道说了多少句"我想你"，我们曾经互损对方，除了"我想你"和"我也想你了"还能不能说些别的？

当然，那个时候的语气是欢快的、宠溺的。

发"我下周去"？

虽然说过无数次"我这里就是你的家，你想什么时候来都可以"，但依然抵不住临时加班的痛苦，以及突发事件导致一个有空一个没空的尴尬。或者，仅仅是四个小时飞机的颠簸就足以让人产生恐惧。

最主要的是，害怕被拒绝。

最初的时候，我曾经一个礼拜往返两次，只是因为抵挡不住的思念。后来，见面的频率慢慢变少，用她的话来说，不是腻了，也不是不爱了，而是不想听到对方说"我下周加班"或者"我下周有安排"。

为了避免尴尬与失望，我们在战战兢兢中磨合出了一套平稳的相处方式，细水长流，波澜不惊。

于是，思前想后，最终我给她发了句"你在干吗"。

按下发送键的那一刻，我长舒了一口气。

"你在干吗"几乎是唯一安全、可控、含蓄、体面，成年人表达思念的方式了。

而那次我得到的回答是："我们分手吧。"

从此我便失去了表达爱的能力，不会去说"我想你"，亦不会问"你在干吗"。

不抱期待就不会有失望，人们怀着这样的想法活着，仅仅是因为很多时候我们怀着希望活着，得到的也不过是失望。

你是个大人了，你得学会把自己保护起来了，用沉默的方式。

2

几个月前我失业了。

那天晚上，我去了一家酒吧，约曾经的好朋友出来喝酒。

借酒消愁，是我们从文艺作品中习得的技能，古龙小说里的侠客总在喝酒，他们好像有说不尽的忧愁。

我们只习得了前半部分，却忘记了，酒从来没能把他们的问题解决。

他们在酒中生，又在酒中死，忧愁最终要解决于刀光剑影中，西门吹雪和叶孤城终有一战，因为爱无法杀人的叶翔最后也要为爱而死。

至于酒，只会让愁绪更浓。

并且，如果你看得更仔细些，你会发现，他们大部分时间，都是一个人喝酒。

因为朋友不常有。

失业那晚，也许还可以说是失恋那晚，我叫上学生时代最好的朋友出来喝酒。我的好朋友不止一个，但大部分都没有回应，或者显示"对方还不是你的好友"。

我笑了。

酒肆之内，觥筹交错，情绪被昏暗的灯光遮盖，而透过烟雾缭绕的酒桌，我明明看到好友眼中的心不在焉。

说些什么呢？

我们无话可说。

"兄弟，会好的。"他说。

"我家里还有事，先走啦兄弟！"他又说。

这么多年过去了，我们早已形同陌路，曾经一起上下学的情景还历历在目，现在眼前人只让我感到陌生。

可能孤独是所有人走向成熟的必经之路吧。

那天我一个人喝到很晚，对着酒杯拍照，发朋友圈，无人回复。

想说些什么，想想算了，反正不会有人在意的。

后半夜兄弟发来信息："我还以为你要向我借钱呢，哈哈哈！"

果然，每个成年人都对老朋友充满恐惧，是因为怕他向自己借钱。

我说："不会的，不会的，就，想找个人陪我。"

最终没发出去，觉得自己太矫情。

朋友圈也删了。

我仿佛失去了表达悲伤的能力。

再也没有比这个更让人悲伤的事情了。

3

于是，我也就意识到了。

不知道从什么时候起，可能就是长大之后吧，我失去了太多的能力。

我失去了表达爱的能力。

成年人表达思念是问"在干吗呢"。

我失去了抱歉的能力。

成年人表达对不起，发个红包而已。

我失去了表达伤心的能力。

成年人表达伤心大概是删朋友圈、换微信头像吧。

我也失去了表达愤怒的能力。

多少次，遇到烦心的事情，很生气，想骂几句，算了，点一根烟，继续生活吧。

至于表达开心的能力，不好意思，成年人没有。

成年之后，我可以说就不是人了。

若不是世界太冷漠，我又何必闭嘴。

若不是世人太肤浅，我又何必关上心房。

若不是朋友圈里没朋友，我又何必只设置三天可见。

可有的时候我又觉得，并不全都是世界的错。

失业第二天，许久未联系的父亲打来电话，问我微信头像怎么换了。

以前的头像一直是一头猪，因为，我长得像一头猪吧。

其实不是，猪是她对我的爱称。

和她在一起后，我的头像是猪，我的名字也变成了猪，不用说，体形也变成了一头猪。

现在她不爱我了，我没必要再留着。

但最先注意到我换头像的居然是我的父亲，这让我感到意外，要知道，在我的印象中，我和他的关系一直比较疏远。

他用明显不习惯的语气对我嘘寒问暖，我只是说一切都好，不要挂念。

失业第十天，父亲又一次打来电话，问我是不是遇到什么困难了，我问为什么，他说你连朋友圈都删了！

再一次没想到，第一个注意我朋友圈的人居然是我的父亲，我好像从来没看过他的朋友圈。中老年朋友圈嘛，无非是那些保健养生谣言，不想看。

我再一次说一切都好，挂了电话。我点开他的头像，发现他朋友圈首页照片居然是我的毕业照，遥远又陌生亦有一丝温暖。

失业第二十天，有人敲门，我蓬头垢面地打开房门，发现是我爹。

我问："你怎么来了？"

他说："我过来开会的。"

没有多余的话，他留下一些生活必需品，走了。

真的就没多余的话。

失业第三十三天，我找到了新的工作。

在公司，我很少说话，老板说："人嘛，开朗一点，有什么意见说出来，我们都会听的。"

我说我失恋了，你们能不能养只猫。

他们照做了。

我抱着猫哭，但感觉生活正在变好。

确实是这样的。

失恋第三十三天，她重新加了我的微信。

她说，你头像怎么换了呢？猪。

她还说："你知道我为什么想分手吗？因为你只知道问我在干吗，你话那么少，我觉得你根本就不喜欢我！"

我说："哪有……我是怕说多了，会失望。"

"怎么会呢！"她说，"不管你怎么表达，我都会接受的啊！"

我哭了。

是吧，长大之后，我并不是不会表达了，而是，我总是一厢情愿地向错误的对象表达。

或者，一厢情愿地以为别人不会理解我。

我们表达，并不是希望被人理解。

而是，愿意理解我们的人会找到我们，注视着我们，倾听我们，并且，去爱我们。

我想，这才是表达的意义。

07

当他不能再陪你

那一年，我从北海道的函馆大学毕业，结束了四年的异国生活。我要乘四个小时的新干线到札幌，然后飞回上海。

回国前的晚上，我无意间跟日本唯一的朋友 Noriki 说："说来有些遗憾，临走前也没有好好看过一次夜景啊。"

结果那天晚上，楼下传来鸣笛，Noriki 开着他那辆破丰田，把头从车窗伸出来朝我挥手说："带你去山上看看北海道的风景如何……就当是饯别的礼物吧！"

夜晚山顶封闭，我们只能把车停在半山腰。

看不到脚下出名的函馆夜景，抬头看星光闪烁，好像也挺不错。

风从车窗灌进来，把我们都灌醉了。

Noriki 身高一米九几，常年冲浪，皮肤黢黑，经常开一些男生之间的低俗玩笑。

告别的那天晚上，我们聊了一整夜。

Noriki 说他读过一首厉害的中文诗，作者名字已经忘记了。

问我知不知道那首诗，大概的意思是：

"我们的感情啊，好比这水一样深。"

我绞尽脑汁也没想出这首诗来，硬着头皮说：

"啊……应该是'给我一杯忘情水，换我一夜不流泪'吧。"

Noriki 拍手哈哈大笑说："对，就是这一首。"

第二天，他执意跟我一同上了新干线，一直陪我坐到五棱郭站。

下车后，带着有点伤感的语气，隔着玻璃对我挥手说：

"下次要来的话，一定要告诉我！"

我口头答应着，却不知道是否还会有再回来的那一天。

列车开始缓慢移动起来，他掏出相机，对着我边走边拍。

先是一路小跑，然后越来越快，他迈着腿朝我狂奔起来。

不想场面太沉重，我朝他挥了挥手。

他咧开嘴傻笑起来，最后在远处消失成了一个点。

在飞机上，我倒是想起那首诗了，十有八九是：

"桃花潭水深千尺，不及汪伦送我情。"

后来，我跟 Noriki 就再也没有见过面了。

回国后，他给我发来那段送别的视频。

那天他跑得太忘我，所以镜头一直晃来晃去，什么都没拍清楚。

画面里只有一段颠簸的天空的影像，因此看起来：

"他倒不像是在追我，而是在追一片要飘走的云。"

异地恋两年

我跟女朋友还是没有学会如何道别。

在一本叫《小王子》的童话里，狐狸说过大意如此的话：

"如果你每天四点钟来看我，那么我从三点钟就开始等待，等待是一件快乐的事。"

然而对于我们而言，异地恋的真实感受是：

"如果你五点钟要走，那么我四点钟的时候就开始打心底里难过。"

一到周日下午，想到晚上我就要返回上海工作，我们就心情沮丧。

连我蹲马桶的时候，她也跑过来，拉开门直勾勾地盯着我看。

我只好安慰她说："好了好了，过两天就回来了。"

她也不说话，蹲在卫生间门口跟我生闷气。

到了车站，还想跟她交代两句。

结果她二话不说，"吱吱"摇上车窗，一踩油门就跑了。

留我在原地一脸茫然。

完全没有一点"舍不得"的样子嘛。

后来有一次，她忽然在车上问我：

"李唐，你知道我什么时候最难受吗？"

我说："我没冲厕所的时候吗？"

她说："是蓝牙断掉的时候。"

我满脸疑惑道："不是连得好好的吗？"

她忽然有些哽咽地说：

"每次车开出站的时候，你背着那个傻傻的包上去了，车里放着的歌就会突然一下断掉。我一开始以为是音响出问题了，结果屏幕弹出消息说：'抱歉，您的蓝牙已经断开连接。'"

她停顿了一会儿，说："然后我才意识到，原来你已经走到离我很远的地方了。"

听完这句话，我的鼻子也一下子酸了。

2012 年新生报到

我坐硬卧去外地念大学。

我妈跟在我身后，四处张望，抱怨说："你慢点，别把我弄丢了。"

我妈时不时就要上来帮我拎那个最沉的箱子。

我耐着脾气说："行了，您就别操心了，到了广州，这两个箱子还不是得我自己扛。"

我妈就搓着手，笑着盯着我看。

我说："你看我干吗？"

她说："我多看两眼，记住你现在的样子。"

然后又跟在我身后嘀咕：

"身份证、手机、箱子、辣椒酱，儿子，你辣椒酱放在箱子里没有？"

我头大地说："你们就回去吧，别送了行不行？！"

我妈执意要把我送上火车。

我妈就挤进车厢，跟我上铺、下铺的旅客一一打招呼，说一些"麻烦照顾一下"之类的让我心烦意乱的话。

我妈拍着窗户说："你自己注意点，到了广州给我打电话。"

我头也不抬地说："知道了。"

然后再也没有抬起头看她。

一直到火车开出去很长一段路之后，我才趴在窗户上，泪流下来。

后来我再也没有经历过那样漫长的告别了。

一来，我已经习惯了在外生活的日子。

二来，高铁站的安检越来越严格，每次她都被挡在安检线外头。

每次她送到门口，只能一直目送我安检完，看着我走向候车厅。

以前我害怕那样的眼神，不敢多看两眼，讨厌她跟在我身后的样子，讨厌分别的场景，以为只要不打招呼，一声不吭地走掉，就不算真正意义上的离开。

后来当我长大一点，再回头望向入口处，想记住她现在的样子时，穿过那片乌泱泱的人群，我目光所及的地方，已经找不到她的身影了。

最 后

有时候我们离开一个地方，感到伤心，不是因为在这里受了伤，而是在这个地方，有一些值得我们伤心的人。

这个世界上的人时时刻刻都在相遇，也时时刻刻都在告别。

生活就是这样，未发掘的等待发掘，发掘后的等待告别。

告别奔跑却追不上列车的朋友；告别假装坚强的女友或男友；告别想努力记住你的脸，在梦里却记不起你长大后模样的母亲。

当你以为只有自己把眼泪藏起来的时候，他们也默默地把伤感藏起来，然后笑着对你说："保重啊，到了记得给我发信息。"

这时候宫崎骏说的那句话，就变得蛮有道理的：

"当陪你的人要下车的时候，即使再不舍，也要心存感激，然后好好地挥手告别。"

08

抑郁其实是悲伤的反义词

1

韩国首尔,有一座桥叫作麻浦大桥,桥很漂亮,风景很美,所以很多人觉得死在这里也不错,于是他们就纵身一跃。麻浦大桥因此获得了"自杀大桥"的名号。

为了减少这一现象,首尔市政府想了个办法,他们向民间征集了温暖的字句与照片,布置在麻浦大桥左、右两旁的栏杆上,想把麻浦大桥打造成"生命之桥"。

到了夜晚,如果你靠近桥边,护栏就会变成一个屏幕,自动跳出"你不是一个人""你今天还好吗"等字样,还会发出语音问候"最近忙吗""去好好泡个澡吧"。

该举措效果显著,游客纷纷慕名前来在护栏前拍照,麻浦大桥一下子成了"网红"大桥。

但预防自杀的效果却更差了——那些本就抑郁的人,在桥边看到那些幸福家庭的照片,便联想到自己的不幸;听到那些温暖的问候,便想到自己人生中从未得到过这样的问候,不禁悲从中来,果断地跳了下去。

于是,在该举措实行的一年中,在麻浦大桥自杀的人数上升了六倍。

从这个故事里,我们可以看到大多数人对"抑郁"这个词的误解。

2

没有经历过抑郁的人，大多数都会觉得"抑郁"和"悲伤"没有什么区别。

进而就会产生"抑郁没有什么大不了的"和"哄两句就好了"的想法。

甚至会出于"好心"，去劝诫抑郁的人"要乐观""不要矫情""没什么大不了"。

但这些话通常只会产生反作用，让抑郁的人感受到自己不被理解，并且陷入给别人制造了麻烦的自责之中。

其实普通人会这样理解抑郁也很正常，我常常会遇到这样的人：以"抑郁症"为由，表演自己的悲伤，把自己打扮成弱势群体，要求别人的优待。

结果就是这一小部分人污名化了真正的抑郁症患者群体。

他们不知道，大多数真正身患抑郁症的人，最大的表现就是厌弃自己，害怕麻烦别人。

真正的抑郁症患者，并不总会这样显山露水地展示自己的悲伤，我身边真正得过抑郁症的人都表示，悲伤和抑郁是完全不同的感受。

甚至可以说是反义词。

悲伤的本质是预期违背。

你以为你已经够努力，考试成绩却还是很差。

你以为他会像你爱他一样爱你，结果他只是玩玩而已。

在这些时候，你会感到悲伤，因为世界辜负了你的期望和付出，所以你觉得世界很坏，别人很坏。

当然，悲伤是一种暂时的情绪，如果你得到了安慰或者遇到了好事，悲伤的情绪自然就会烟消云散。

但抑郁不一样。

抑郁最常见的想法是自我否定。

怀疑自己，贬低自己，责怪自己。

所以，抑郁和悲伤恰恰相反，陷入抑郁的人，并不常常觉得世界很坏，别人很坏。他们所想的是"世界没有问题，都是我的问题，我配不上这个世界"。

因此，去看那些因为抑郁自杀的人的新闻，常常会有这么一句话："在亲朋好友看来，某人是一个乐观友善的人，对他患有重度抑郁症的事实，他们感到很吃惊。"

其实，并不是抑郁症患者隐藏了自己的悲伤，而是他们对待亲人、朋友，对待世界，本就是怀有善意和肯定的，他们只是觉得自己没用、配不上罢了。

很多抑郁症患者都表示，他们失去的并不是快乐，而是活力。

他们唯一隐藏的，是对自我的否定。

在我们的文化里，对自我的否定通常会被解读成"谦虚"或者"矫情"，并不会得到重视。而且，向别人表达自我否定也是一件显得多余的事，你否定自己，跟别人说有什么意义呢？不是给别人添麻烦吗？

这也是为什么不要指责或者尝试"教导"一个抑郁的人，他内心的自责程度比你的指责要严重千百倍，所以才会深陷其中，不相信自己有改变的能力，你的指责只会表明你有多么傲慢和多么不了解他。

3

不过，抑郁症也不能说跟悲伤没有关系。

对于一些人来说，抑郁是悲伤累积所造成的一种结果。

美国心理学家塞利格曼在1967年用狗做了一项有些残忍的经典实验。

他把狗关在笼子里，只要蜂音器一响，就给予电击，狗被关在笼子里，想躲也躲不开。

在经历了很多次这样的实验后，他在蜂音器响起，给电击前，先把笼门打开，此时狗不但不逃，反而不等电击出现就先倒在地上开始呻吟和颤抖。本来可以主动地逃避，却绝望地等待痛苦的来临，这就是习得性无助。

就像许多大学生一听到要考线性代数就会开始呻吟和颤抖一样。

很多人的抑郁其实也是习得性无助的一种体现——他们曾经无数次努力过，却总是得到同样的负面结果。

这让他们认定问题一定出现在自己身上，并且无法通过努力解决，所以即便他们遇到了在外人看来很容易解决的问题，也再没有力气去寻找答案了。

这或许可以解释人们对于抑郁症患者最常见的疑问："为了这点小事，至于吗？"

还有"明明很容易就能走出来的，为什么不上进一点？"

你并不知道在"这点小事"之前他经历了多少伤心的大事。

你也不知道在"上进一点"之前他需要克服多么大的无力感。

事实上，亲密的人的指责和压力常常是压垮抑郁症患者的"最后一根稻草"。

4

第一，药真的很有用。

抑郁症也被称作"情绪的感冒"。

我们知道，感冒这种病，好好吃药，多喝热水，可以很容易就痊愈。

但感冒也可能发展成肺炎，甚至危及生命。

抑郁症也一样，早期、轻度的抑郁，配合药物的治疗，绝大多数都能好转、痊愈。

真正的问题在于，人们会觉得抑郁症患者"有病"，却很少有抑郁症患者被真正当作病人对待。

而抑郁症患者即使意识到了自己情绪状况的异常，可能也不愿意承认，担心随之而来的压力、指责和嘲笑。

第二，你能给一个抑郁的人的最好帮助，是跟他建立健康的社交关系。

帮助一个抑郁症患者，确实挺难的。

简单的安慰并不一定能有正面的效果，有时你出于好心的安慰，反而会给他造成拖累和麻烦他人的负罪感。

你其实不用安慰他，但可以在日常的细节里表达出对他的真诚和善意。

比如表达对他优点的赞赏，拉他一起去玩，听他倾诉心事，但不去评价。

抑郁的人是活在自己的小世界里，然后看着这个世界缓缓崩塌的人。

一个不与外界交流的小世界的崩塌是不可避免的。

但你可以尝试把他拉出这个小世界。

DONNINE
2020.318

09

没有告白的爱情故事

1

我认识田野是在两年前一次和朋友的聚会上。

KTV 的包厢里，一个有点五音不全的男生在模仿郑智化用不太标准的普通话唱《水手》。

后来熟了之后才知道他的普通话是真的不怎么标准。

当时我坐在角落里，托着下巴，大家脸上的表情都有些凝固。

这首歌接近尾声的时候，他慢悠悠地走到点歌机旁边，大家以为他要切歌，没想到他又点了一遍，激情澎湃地唱了第二遍。

这时候去卫生间的人明显增多了。

"他说风雨中，这点痛算什么……"悲怆激昂的歌声在包厢里回荡着。

他给人的第一印象就是平平无奇，很难让你对他有什么好感。

电影《大话西游》里，菩提对至尊宝说："有一天当你发觉你爱上一个你讨厌的人，这段感情才是最要命的。"

没想到这句话也在我的生活里被验证了一次。

2

在遇到田野之前，朋友问我喜欢什么类型的男生，我的脑海里总会冒出两个相似的身影。

一个是高二坐在我后排的学霸，他酷爱穿白色的 T 恤，阳光照在他身上的时候，好闻的洗衣粉清香就会从身后飘过来。

我经常以请教问题为由找他说话，不管转头之前有多淡定，一看到他抬起浓密的睫毛，我的心就狂跳不止。

另一个是大学同社团的一个男生，是全校公认的"小朴树"。他经常活跃于校内外各大晚会，随便拨弄几根琴弦就能引起台下女生的一片尖叫。

而田野和他们的气质毫不搭边，甚至可以说是完全相反。和他走到一起，是我始料未及的。

3

那天我们唱完歌，一大群人有说有笑地进了电梯，电梯门快要关上的时候，突然有个人很着急地冲了过来，在电梯门快要完全合上的一瞬间，那个人重重地叹了口气。

当时大家都没在意，继续有说有笑，突然人群后面伸出了一只手，迅速按下了开门键，电梯门又开了。

是他。

那个人一只脚刚迈进来，电梯就开始超重报警，大家齐刷刷地把目光聚集到他身上，好像在示意他"你等下一趟吧"，那人显得有些难堪。

这时候田野从人群后面挤到电梯口说："我不赶时间，你们先下吧。"

那一瞬间，我突然觉得那个唱歌有点跑调还"霸麦"的人和我想象的很不一样。

喜欢上一个一开始有点讨厌的人，开端似乎都是这样：一开始你对他没抱任何期望，甚至还觉得他的举手投足有点让人厌恶，但当他突然做了一件和你想象的很不一样的事情，他就变得神秘起来，你对他越是好奇，就会陷得越深。

4

2018年国庆节，还是之前聚会的那些人，又一起去了游乐场。

玩跳楼机的时候，我和田野被分在了同一批，刚坐上去我就后悔了。耳朵里听到的声音像是被做了弱化处理。只能听到安全员很微弱的声音："准备好了吗？"

突然田野把手伸到我面前，动了动嘴巴，我丝毫没有听清，但眼神像是在告诉我不要害怕。

我们的手握在一起，身体失重，突然上升和坠落。落地那一刻，我突然发现他手心的汗竟然比我还多。

比起深情的告白，这种本身没那么勇敢，还愿意伸出手保护我的举动倒更容易让我这种普通人感动。

我和他普通的爱情就是从这个普通的时刻开始的。

5

在没谈恋爱以前，我对理想型恋人总是抱有很多幻想，但和他在一起以后，我突然发现那些条条框框都不见了。

我幻想出来的那些对象都是站在人群中会闪闪发光却唯独对我专情的人，会时不时制造浪漫和惊喜，让生活变得轰轰烈烈起来的人。

而我和田野之间，出乎意料的浪漫事偶尔发生，不和谐的琐事却时时刻刻都有。

他喜欢在游戏战场里打打杀杀，而我喜欢抱着平板电脑安安静静地画一天画，但我们凑到一起的时候还是能说好多废话。

他在家经常邋里邋遢，还明目张胆地打嗝、放屁，而我也时常一言不合就"火山爆发"。

我们的兴趣爱好几乎没有交集，我们都毫不掩饰地把缺点展示在对方面前，但这些都不妨碍我们早晨醒来看到彼此油光满面的脸时，会不自觉把对方抱得更紧一些。

他时常丢三落四，用完的东西再找时总是"失忆"，但却能牢牢记住我不爱吃香菜和大蒜。每次吃火锅之前都能为我调出一碗好吃的酱料。

有一次夜深人静的时候，我们躺在床上都有些失眠，我突发奇想地问他：

"田野，我是你的理想型吗？"

他想了几秒，认真地说："其实吧，我也没什么理想型，不是因为你是我期望的那样，我才喜欢你的，而是喜欢上你之后我发现，我喜欢的类型就是你这样的。你明白那种感觉吗？遇到你以后，我才知道我的理想型就是你。"

我翻了个身，对着他说："差不多能吧，虽然你不是我最开始的理想型，但遇到你以后，我才发现我的理想型是会变的。"

黑暗里，我们都在窃窃自喜。

在遇见田野之前，我对爱情的幻想大多来自书本和电影，男主角和女主角的生活里到处都是精心设计的浪漫的事，让人沉醉，但这种充盈的浪漫对大多数普通人的爱情来说都是不现实的。

如今，我发现日剧里普通人的平凡爱情才更让我感动，因为它就像现实生活里普通人的爱情那样，彼此根本不用那么费力，但在对方心里已经足够好了。

6

有一次，我们手牵手地在路上走着，我无意中踩到了一个井盖，他突然停下来，很认真地说："踩井盖会倒霉的。"然后就地向我传授了一套"解咒术"。

他一边拍手一边在原地跳了三下，嘴里还念着"霉运霉运快走开"，肚子上的赘肉也跟着晃动了几下。

我扑哧一声笑了出来。

我模仿他的样子，刚跳了一下拍了下手，他一边憋笑一边很大声地说："你这样子好傻好可爱啊。"

身边不停有人经过，不解地看着我们。

那一瞬间，我觉得这种感觉真好啊，我们是那么渺小和普通，但却在彼此的眼睛里闪闪发光。

10

別怕，过完夏天就好了

夏天过去了，
明天还会好吗？

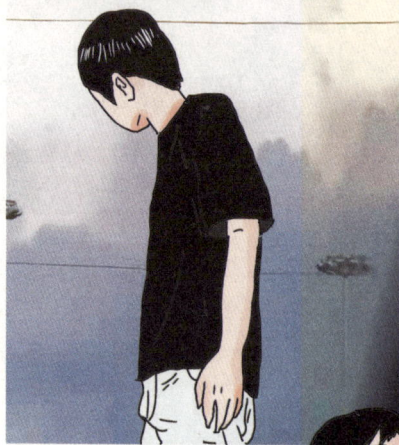

"老男人才会穿皮鞋啊，但我并不想活到那个年纪"
——16岁叛逆的我

2016 年夏天，我刚刚毕业，志存高远，在朝阳大悦城用最后一笔钱，买了一双象征男人"体面"的新皮鞋。除了新皮鞋，我还有一套旧西装、一只大布箱、几件旧衣服、一台破笔记本电脑、几本舍不得扔的破书，这些是我的全部财产。那套西服是我在大学购置的，为了"体面"。

在我十六岁的时候，我声称"打死都不会穿皮鞋"，这是我骄傲的倔强，但最后还是把头发梳成了大人模样。

我自认为已经充分做好了"向生活低头"那样的思想准备，并天真地认为，只要我做好了这样的思想准备，等待我的就一定是成功的人生。

在毕业后的那段时间里，我自认为迅速变得"成熟"起来。就好比小时候，一个夏季的雷雨天，我突然想到自己要变成一个"懂事的孩子"，就翻箱倒柜找出了两件棉袄穿上，被我妈痛打一顿。工作后的第一次部门聚餐，我穿着唯一的一身寒碜的西装赴宴，在自助火锅店显得气质脱俗。

我的女领导王主任上下打量后说："小张，咱们这儿可不缺服务员。"说完大家都笑了。我说："主任，像服务员怎么了？为领导们服务，为公司服务，就是我们这种年轻人的使命嘛！"说完她笑得前俯后仰，夸我"有大好前途"。

回到出租屋，我对着马桶干呕了一通，我知道酒没喝多。

我就是诚实地觉得自己有点恶心罢了

我所在的公司坐落在东六环，办公楼老旧，工位狭窄。那双皮鞋最终在鞋柜吃灰，因为我并没有找到一份足够"体面"的工作。

女上司王姐经常在凌晨五点给我发来一堆文件，倘若我没有在早高峰地铁处理完这些工作，就会被臭骂一通。

骂来骂去无非是"你们这些'90后'就是没有一点职业素养"，或者"你这孩子一点眼力见儿都没有！我在这儿忙活半天了，茶都不知道给我泡一杯吗"。

我只能说"王姐我错了"。

连续加班三个月，项目黄了，部门散了，我也离职了。即便安慰自己"此处不留爷，自有留爷处"，但还是在那个夏天，感觉到了对未来的恐惧。

跟大学舍友老Ａ打电话，告诉他我失业了。老Ａ只能安慰我说："你情商又不低，肯定没问题的，我跟你说这个世界上，没有人说你不好，那你就是好。"

老Ａ还说："刘猛考研没考上，陈明被选调去了乡镇，我在小公司当程序员。念大学的时候，我妈逢人就说儿子在北京，镇上的人都认为我以后铁定是个厅级干部。现在看看自己，看看别人，就觉得自己像个白痴。"

"人生不如意，十有八九。"老Ａ总结。

那是最倒霉的一个夏天。

我四处面试，四处碰壁，晚上穿着那身皱巴巴的西服，坐在小区门口抽烟逗狗，面目颓丧。

我想我如此憎恨夏天是有原因的，小时候晚上常常被热醒，发现我妈偷偷把空调关掉了，并且会说一些"冷死了"，或者"打开窗户，外面风特别大"之类的话，但实际上一家人还是热得要死，一起沉默地失眠。

我不知道为什么明明是为了省电费，却要说那么多奇怪的借口，现在我理解了，那是成年人的"体面"。

失业的那个夏天，我几乎没有出门。有时候一起床，发现外面是阴天，以为下雨了，拉开窗帘一看，原来只不过是天黑了。

　　翻开朋友圈，看到高中暗恋的那个女生发状态说"这个夏天蚊子出奇地多啊，又不敢点蚊香，被咬了十几个包"。

　　我问："为什么不点蚊香？"

　　她说："怕影响肚子里的宝宝。"

　　我才惶恐地发现，原来我们这一代人早就到了结婚生子的年纪了，而我在感情方面依旧是一片空白。以前喜欢过她，但很快就放弃，首先定下了"独自一个人孤独到老"这种看似坚强，其实软弱的计划，然后在心里暗暗发誓：

　　"倘若有一个人仍然愿意跟我这样的废物过下去的话，我一定会抱着由衷的感激跟她一起生活下去。"

在我最颓废的那段时间，我常常窝在家里看一些"没用"的书。比如我一直思考王小波的那句话"想变成天上一朵半明半暗的云"究竟是什么含义，为什么要变成一朵半明又半暗的云呢？

后来我告诉自己："不要想太多没用的，这句话并没有什么深意，想变成云是因为我们不想做人罢了。"

我常常徘徊在小区附近的铁轨旁，不知道为何，在一段自认为灰暗的人生时刻，我不知不觉冒出来"不如一了百了"这种可怕的想法。

有一次，在一个夏天的傍晚，我看见一个穿着裙子的漂亮女孩翻过栅栏，坐在了铁轨上，脸色有些苍白。

我说："小心啊！"

她说："嗯。"

我说："小心坐在屎上面，这边都是老式火车，粪便会沿途丢下来的。"

她脸色更苍白了一些，站起来拍了拍屁股，对我说了一声"谢谢"。

我说："人生不如意十有八九，熬完这个夏天就好了。"

她笑了笑，转身离开了铁轨。

那天晚上下了一场夏末的暴雨，第二天很快就天晴了，云朵很温柔地擦拭着雨后的蓝天。

我想对于我这样的人而言，唯一管用的就是"下过雨后一定会天晴"这种看似废话，但实际上让人充满希望的句子吧？

　　在那夜暴雨之后，我接到了 HR 的电话，问我"什么时候能来上班"，我清了清嗓子说"明天吧"。

　　我看过天气预报，他们说"明天"会是晴朗的一天。

后来我知道，人的一生中，总有几个糟糕的夏天难以忘怀，正所谓"人生不如意十有八九"。我渐渐明白"乐观"的含义，就是保持悲观的态度，不对世界抱有盲目的期待，但明确知道"总会有天晴的一天"吧？

在每一个夏天，我们都迅速地"成熟"，经历了一些只有自己才能舔舐的痛苦之后，我们或许终究会过上所期盼的明亮开阔的日子。

后来，我也终于知道老 A 所说"人生不如意十有八九"是什么意思了，后面一句其实是"能与言说者无有二三"。

所以，每逢暴雨后，我都会祝我们夏天快乐。

11

你会再回来的吧

1

跨年夜一个人看《奇葩说》，看到"伴侣去大城市打拼，是否应该跟着一起去"的辩题时，我不禁会心一笑，下意识地把这个话题分享给她。

但密密麻麻的感叹号提醒我，她早已离我远去。

我好像一直都是一个后知后觉的人，比如我总以为十年前是1999 年，一抬头，2020 年都到了。

再比如，"我以为你一直都在我身边"，但到最后，我连说"不如我们重新来过"的机会都没有。

不知道多少次，对着微信对话栏欲言又止，即便我知道，说什么也无法送达，其实我只是想问一个为什么。

也不知道多少次，去偷看她的社交账号，只是想看看，她最近过得好不好。

她不说话，只是换名字、换头像，换了可爱的头像、俏皮的昵称，我就会想，也许她现在一切都好。

但又觉得自己这样偷偷窥探她的生活，有点卑微，又有点心酸。

2

她是什么时候离开我的呢？

也许是三年前，毕业前一天吧。她约我出去玩，在市中心的广场上、在电影院里、在她最爱吃的川菜馆门前，我们像往常一样，没有什么不同。

她喝着奶茶说自己明天就去北京了，我面无表情地说了句"哦"，她说："哦你个头啊！"轻轻地打了我一下，然后我们都没有再说话，看着人群来来往往，夏日的夕阳西下，接着各自回家。

我问过很多校园情侣，临近毕业的分手是怎么一回事。他们都说，没什么，就心照不宣嘛。

我讨厌"心照不宣"这个词，它过于消极，什么都没有做，就坐以待毙，就互相接受了现实。听起来洒脱，其实只是在掩饰内心的怯懦。

我还年轻，我不要心照不宣，我要说出来，我不想让我的人生留有遗憾。于是，我也买了张去北京的车票。

见到我的时候，她说不上开心，也说不上惊喜，只是说："我就知道你要来的。"

然后抱了抱我，许久没有放开。

3

她走的前一天，我们因为房租吵了一架，我们从来没有吵过架，那次是例外。

过完年，房东又要加房租，附近好多住户都搬走了，我也想搬，已经提前找好了房子。之前一切都好，可是临近搬家前她却说："再搬都要去通州了。"言语里充满了失望。

我这个人，比较木讷，不会安慰人，只是说："再等等，明年就好了。"

没等我说完，她反问我："明年真的会好吗？你和那些人也没什么不同。"

哪些人呢？我不知道，可能是那些经常给人开空头支票的人吧，譬如爱画饼的老板，再譬如我这种没用的男友。

明年会好吗？我也不知道，但老板是这么对我说的，"明年加工资"。我又这么对她说，我们人类就这样，互相欺骗着对方，直到有一方不再愿意陪着你演戏，一切终了，归于寂静。

那晚我们没有再吵下去，虽然合租的人都搬走了，真的很适合吵架。她砸了我的手机，我扔了她的粉底，我们都觉得心疼，就没有再继续下去。

咳，穷人连吵架都不能尽兴。

第二天起来，她也没有抱我，我亦没有吻她，各自出门上班。

等我加班到十二点回家，推开房门时才发现她已经走了，屋子里空无一人，她的东西都不在了，桌子上留了一张字条，我懒得看。

躺床上玩了会儿手机，忍不住想找她。

找了，感叹号。

打电话，无法接通。微博私信，对方已将你拉黑。网易云私信，对方收不到。

打开战网客户端，对方正在玩《炉石传说》。

放心了，丢掉手机，睡觉。

4

第二天，房东来收房租，那是一个四十多岁的北京中年男人，没有成家，无儿无女，过得挺潇洒。

他见面就问我眼睛为什么红的，我说："熬夜了。"

他说："哭的吧？"

我说："没有。"

他继续说："分手了？"

我说："不可能。"

最后他说："为爱情流泪不值得，老哥的人生经验，我活那么多年了，听我的没错。"

然后问我："他们都走了，你为什么不走？"

接着补充道："你再难过房租也一分钱都不能少啊！"

一切又回到原点，当初为什么要跟着伴侣来大城市呢？

我真的佩服那些这么做的人，他们都应该上《奇葩说》，这世界变化太快，说不定哪一天 TA 就不爱你了。说不定哪一天你们就待不下去了，而之前的付出，都变成了沉没成本。

年轻时的爱情是奋不顾身，年纪大了就是问自己值不值得了。

我估计很多人也只是强撑着，至于爱，早就不在了。

房东趁着我伤感的间隙，四处查看那些已经没有人的房间，并且不时感慨："这房间以前住着一河南老板，卖保健品的，我租给他八年了，这次估计是撑不下去了，走了。"

"你隔壁不是一送外卖的吗？老是跟我说工资没到账，可不可以延几天，人挺好的，蛮热情一小伙子，没影儿了。"

"年纪大了看不得这种事情，可谁让我是房东呢？该收的钱我还是要收的嘛！"

几句话说得我非常难过，那天我连班都没去上。

5

不去上班，也没有人找我，看来我是被世界抛弃了吧。

试探性地问领导："我今天没来，生病了，没事吧？"

他打了一串"……"过来，然后说："我已经离职了。"

我有点诧异，但又觉得在意料之中。

领导对我挺好的，虽说职场无朋友，但我们却像多年好友一般，互相激励，互相扶持。

后来听说，他开会被客户骂，会开完了打开手机女朋友要和他分手，他立马辞职，买下午的火车票回老家了。

这让我想到那些在地铁里哭泣的人，那些年末突然决定离开的人。人们总是突然消失，我们不知道原因，他们就这么走了。

年轻时常说，如果没能做到"好好告别"，将来是会后悔的。可每一次，就算提前做好准备，在脑海中想象无数遍，离别还是让人猝不及防。

何况这是一个信息时代，曾经的离别是车站的眼泪，是马路尽头的凝望。现在的离别是什么？是手机上的一句"我走了"吗？是突然消失的好友位吗？还是再也没人回答你的对话框？

但有时我也会觉得，离别是一个缓慢的过程。

比如合租的外卖小哥跟我抱怨被交警罚款、抱怨客户总是给差评的时候，我就感觉，他正在慢慢离开。

再比如，三年前刚来北京，她抱着我欲言又止的时候，我也感觉，她已经在离开我了。

然而，我们没有办法。

6

古人总说生离死别，生死不多见，但离别常在。

我们拥抱，然后离开。聂鲁达说："我们共同缔造了旅途中的一个曲折。"这就是离别。

但，也许他们还会再回来的吧？重逢会延期，但它应该不会缺席。

新年第一天，点外卖，打开门，居然是曾经合租的外卖小哥，他还记得我，他不停地笑，我说我以为他已经走了，他说没有。"回去了，又回来了，再坚持坚持，也许明年会好呢？"

我说："已经是明年了。"

他说："那已经很好了，你看，我这不回来了嘛！"

去上班，老板兑现了他的诺言，而之前的领导，他跟我说，他在老家找到了不错的工作，女朋友也和他在一起，没有分手。

他依然像往常一样，和我开黑打游戏，偶尔帮我解决一些工作上的问题。

怎么讲，那些离开你的人，只是换了一种方式陪伴着你。

那天，我打开她留下的字条，上面写着："别难过，我们没有分手，我们只是离别。"

我笑了笑，给她发了句："你还会再回来的吧？"

这次，我没有收到感叹号。

这下我有信心说那句话了。

新的一年，一切都会好的。

12

"普通以下"的爱情故事

1

我和老胡第一次见面是在情人节。

一般来说，一所理工科大学如果在地理位置上毗邻一所文科院校，该校的男生每年就会积极谋划大量的跨校联谊活动。大学那年的情人节"单身狗"联谊，我是理工院校派出的唯一女生代表，老胡是文科院校唯一的男生代表。当时不知道谁出的馊主意，二月的联谊活动竟然是爬山。女生们一个个爬得花容失色，而理工科直男们已经"会当凌绝顶，一览众山小"了。

当时北京下了一场雪，这场联谊活动的高潮部分是男女生组队坐缆车下山。我和老胡都属于"孤儿型人格"，爬到山上时发现人都下去了，只剩我们俩了。为了省钱，我们同坐一辆缆车。

我至今无法忘记，一百多米的高空，零下七摄氏度的空气，一望无际的石景山风光，还有冻得像两只虾球的我俩。在这辆"高冷"的缆车上，"高冷"的我和"高冷"的老胡互相不说话。我二十岁的情人节，就这样和一个素不相识的小白脸在缆车上度过。在封闭的二人空间里，气氛有些暧昧，但我们谁都没有和对方搭讪。

下车之后，我跟他一路并排往山下走。寒风凛冽，我们的羽绒服时不时地发出让人脸红心跳的摩擦。老胡忽然低头看我，我抬头看他，四目对视，我满脸通红，恰似一朵油菜花不胜凉风的娇羞，然后老胡转过头去，一阵恶心。

之后老胡的脸色惨白。

我内心一惊，难道我已经丑到男人看了都要吐的程度了吗？

老胡蹲着问我："有纸吗？我恐高。"

2

后来我就和老胡在一起了。

老胡是个老实人，我们两个的学校相距一站地铁，但我们平时很少见面，电话也不打。我知道他是文科生，向往的爱情应该是才子佳人，飞鸽传书。

有时候老胡会深夜给我写邮件，问我最近在忙什么。

我说："写作业。"

老胡说："这么晚了写什么作业？我帮你弄呗。"

我说："正好在研究有关斑马鱼消化器官突变体的课题，你帮我查查资料？"

老胡说："晚安。"

我们在学术的道路上注定没有交集。

我们的第二个情人节，老胡说带我去南锣鼓巷玩。

老胡一带我出去玩，我就替他操心，因为我知道他兜里没几个钱。

老胡家里条件不好，平时兼职打工，有时候还要往家里寄钱。在宿舍楼下买个煎饼都中气不足，缺乏自信。如果哪天扬眉吐气加了三根火腿肠、两根鸡柳，不是因为他那天食欲好，而是因为他那天终于有钱能奢侈地吃一顿了。老胡跟我说他从小的愿望，就是在肯德基光吃鸡翅能吃到饱。

说这话的时候，老胡的眼睛里有光。

校门口那家黄焖鸡米饭的老板娘，一见我们就如临大敌，白眼能翻到天上去。因为我们经常两人点一小份黄焖鸡，我负责吃肉，老胡负责吃汤泡饭，一碗汤泡五碗饭。后来这家店没撑到我们大学毕业就倒闭了。

跟老胡出去逛街的时候，我从来不会表现出对任何事物的热爱。老胡在北京逛了几次商场之后，就再也不去看货柜里的标价了，我也不看。我们拒绝被物欲荼毒，我们什么都不想要，同时也什么都买不起。

我和老胡在南锣鼓巷逛来逛去，老胡不禁发问："为什么全国的游客都要千里迢迢地跑到北京来，吃自己家乡的小吃？那些跑到北京来吃臭豆腐和酸辣粉的长沙人和重庆人是怎么想的？"

于是我们饿着肚子，牵着手，在胡同里慢悠悠地走着，觉得我们超然物外，不染凡尘。老胡指着四合院里晾衣服的大婶，说：
"以后咱们就过这种普通人的生活，斯是陋室，惟吾独馨，养花种
草，我们就这样平平淡淡地过下去。"

我说："你看看那牌子上写的什么？"

老胡说："房屋出售，价格……天哪，四千万？"

我说："是四个亿。"

老胡沉默了，那一年的情人节之后，老胡往图书馆跑的次数
也变多了。

3

毕业那年情人节，我和老胡去北戴河看海。

从沙滩回来的时候，我们满腿是泥，附近找不到水龙头。老
胡说让我等一会儿，然后他一溜烟儿跑了。回来的时候拎着一瓶
矿泉水，蹲下来为我冲脚。

老胡平时从来舍不得喝饮料，也从来不买矿泉水。每次都
拎着保温瓶回宿舍，在图书馆打一瓶开水，因为图书馆的开水不
要钱。

我急了，说："矿泉水拿来洗脚？家里有矿了啊？"

老胡一脸认真地说："会有的。"

我有点感动。想到毕业之后前途未卜，不知道跟老胡究竟能

走到哪一步，就有些惶恐。但握着老胡的空矿泉水瓶，我心里又一阵踏实。我想，两个人真心相爱，有什么能把他们分开呢？这世上有什么不可能的事情呢？这瓶里面不就装着一片海吗？

4

工作后第一个情人节，我决定给老胡一个惊喜，偷偷买了从北京到上海的火车票。上车之前，我给老胡打了个电话。

我说："今天一个人在家？"

老胡说："还能有谁，你又不在我边上，你呢？"

我说："我还能去哪儿啊？反正我又见不到你。"

沉默了五秒钟之后，老胡突然灵光一现，在电话那头大吼一声，说："我的姑奶奶，你快退票！"

我说："啊，你怎么知道我在车站？我不退，我要见你！"

老胡说："我的老天爷！我在北京！我在北京！"

结婚后第二个情人节，我和老胡已经在老家定居了。我经营一家花店，老胡创业做培训机构，我们在老城区租房，天台上种满了各种植物，下了班老胡回家洗衣做饭，我在阳台上浇水。

我们就这样熬过来了，其中经历的波折不必赘述，这一切都顺理成章。

情人节晚上，我们的餐桌上有蜡烛，阳台上晾着衣服，天气有些清冷，空气里是洗衣粉的味道。我说："老公，咱们终于过上普通人的生活了！"

老胡一脸感慨，说："是啊，以前都是普通以下。"

我说："以后就是普通的一家三口了。"

话音刚落，老胡的小白脸一下子涨得通红，他抱住我的肩膀，问："你再说一遍？"

我说："咱们家价值四亿的南池子四合院后继有人了。"

老胡试图紧紧地抱着我，又怕抱得太紧，最后握着我的手哭了。

以往这种重要场合，老胡都是哭着哭着就笑了，他总是乐天派，这一次，老胡笑着笑着就哭了。

5

2019 年的情人节，我特意把儿子送到婆婆那里去了，想跟老胡过一个清静的情人节。

结果老胡加班，九点还在办公室忙活，定好的看电影泡汤了。老胡打电话跟我道歉，我说行了行了，你忙吧。挂了电话，老胡没有拨过来。

这七年过来，老胡的变化我看在眼里，比如发际线向上不可逆转地移动着……

六年前我可能认为爱情是老胡像照顾孩子一样照顾我，现在我会认为，爱情的本质从来都不是索取，而是付出。这个道理是我花了很长时间才明白的。

我和老胡从来没有正儿八经地过过一次情人节，由于我正儿八经地爱着他，他正儿八经地爱着我，我们不会因为一些细枝末节的仪式感而闹矛盾，甚至很少争吵。因为我们时时刻刻都站在对方的角度去爱。

凭什么情人节只能男生送花呢？想到这里我就不平衡了，我一个开花店的，情人节还能有什么惊喜？满大街小情侣手里的玫瑰花都是在我这里纳过税的，想到这里，我从货架顶上捧了一束最大的玫瑰，骑着电动车去公司找老胡。

我想，等一下也要给他一个惊喜，站在楼下跟他表白，告诉他每天都是情人节，最后还要送他一束我亲手扎的玫瑰花。

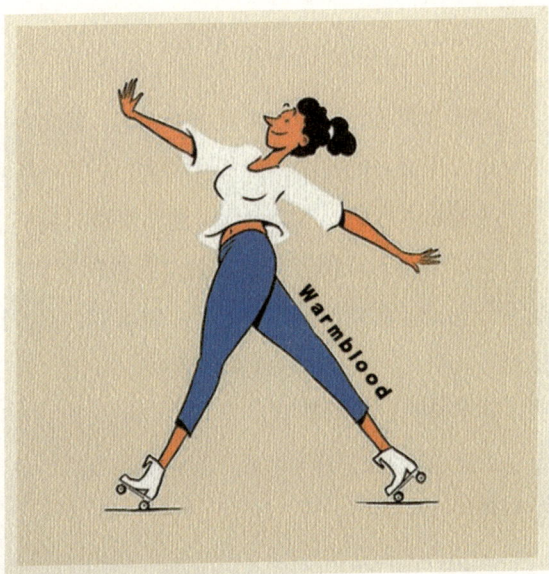

13

请允许自己成为可爱的大人吧

1

2006 年夏天，小升初考试成绩出来，我考得不错。我考上的学校是市里最好的初中，但不幸的是，它是一所私立学校，得交七千块钱的入校费。那个年代，七千块钱对我们家来说不是一笔小数目，于是，成绩出来的那天，我爸就带着我去亲戚家借钱。我不会忘记，在姑妈家的院子里，隔着门，我听到几声争吵，感受到一丝叹息。临走时姑妈喊住我们，她问："我这里还有三百块钱，你要吗？"我爸笑笑，头也不回地走了，嘴里还嘀咕着："买新车倒挺有钱的。"那个时候，跟在父亲身后的我觉得自己好像一条狗啊！

2

考试前，我妈曾向我承诺，如果考上重点就带我去看海。

可以说，"去看海"也是我努力学习的动力之一。我妈当然是骗我的，她不仅没有带我去看海，还剥夺了我暑假玩乐的权利，她让我去超市站店，报酬是一天一根冰棍外加五块钱。

退而求其次，想想站店也挺不错的，我幻想着，等暑假结束，我就能带着三百块钱出去玩了。

那该是多大的一笔钱啊，从没有过零花钱的我这样期待着。现实是，根本就不存在那笔钱，都是逗我的。于是，暑假结束了，我也一无所有了。

假期的最后一天，我妈对我说，他们凑不齐那七千块钱，还说："不如你就去三中上学吧？"我点点头，小孩子懂什么呢？有学上就好了嘛。后来我才知道，三中是我市最差的初中。它恰巧就在我们家边上，并且上这样的学校是不需要花钱的。之后的三年里，我不止一次这么想过，如果结局是这样的，那我当初努力学习的意义是什么呢？就在这自我怀疑中，我度过了自己的初中时代。三年后我以班里第一名的成绩考上了市里最好的高中，刚够择校录取线。没错，这就是我们那所全市最差初中能考出的最好成绩了。我没想到的是，三年前的剧情再次上演，择校费一万块钱，谁也拿不出这些钱。

我妈说："不如你继续上三中吧。"

我爸说："你多考一分不就没这事了吗？"

我没有说什么，他们说得对，都是我不好，是我不够努力。

对了，考上重点的学生如果选择去三中上学，不仅不收学费，学校还会倒贴一万块钱。

4

那个夏天，我把自己的QQ签名改成了"我不想长大"。那之前，我的签名是"好想长大啊"。相信我，大部分小孩子都是非常渴望长大的，而人只会在真的长大之后才会去说一句"我不想长大"。因为长大，就意味着失望。

5

上了高中后，我的成绩一落千丈，周围人都觉得这不过是小孩子的叛逆期，过一阵子就好了。

谁又真的关心小孩子心里在想什么呢？我知道，我不会再好了。我觉得大人都很虚伪，嘴上说为你好，实则都是为了满足他的欲望。平时表现得很融洽，一旦涉及经济利益就变成另外一个人。我不想长大，我不要做一个大人。

我开始听摇滚、听说唱，宋岳庭的 Life's A Struggle 是我内心最真实的写照。

没错，生活总要继续，而"品尝喜怒哀乐之后，又是数不尽的 troubles（麻烦）"。

我也爱上了文字，不想做大人是文学永恒的主题，比如《麦田里的守望者》里的霍尔顿，他觉得大人假模假式、虚伪，他只想躺在纽约公园的椅子上想想湖里的鸭子怎么样了。

再比如太宰治，他只想跳河。

我当时觉得这才是纯粹的人。

6

有一段时间，我妈经常说的一句话是，别人叛逆，但是成绩好啊，你叛逆，为什么成绩也不好了。呵呵，到头来，最在意的也只是成绩啊。

　　我脱口而出："那么关心成绩，当初为什么不送我上重点呢？"
　　看得出来，我妈很伤心，但我却不以为意。
　　没错，我就要这样，因为我不想成为和你们一样的大人。
　　我还在学校里认识了一位和我差不多的男生，谈到家庭他咬牙切齿，谈到大人他满脸不屑。
　　人要为理想而活着，他说。
　　老师问他的理想是什么，他又说不出来了。
　　但是我很欣赏他，我觉得我遇到了知己。
　　我们一起逃课，一起考试交白卷，不知天高地厚，不去想将来、以后。中二的年纪，就这样浑浑噩噩地度过。
　　那个男生，父亲出轨，母亲再嫁，没人管他。

　　上高二的时候，他那消失多年的混混儿父亲突然出现，说希望儿子能上个好大学。
　　像不像渣男回头，嘘寒问暖？"我看他就是害怕以后没人给他养老！"男孩决绝地说，就像在描述一个和他没有任何关系的人。后来，他果然没有如父亲所愿考上大学。

这都是很久以前的事情了。

和那个男生最后一次见面是在大学毕业那年。

我们相遇在老家的一家酒店内，他变得很胖、油腻。

他在给几个中年人敬酒，一口一个张总喝、王总请，那形象
与我们刚认识时相去甚远。

我问他过会儿干吗，他说去"大富豪"，那是我们当地一家娱
乐中心。

"你变了。"我在微信上这么跟他说。

"这个世界是不会变的。"他回复道。

这句话我太熟悉了，《牯岭街少年杀人事件》里的台词，高中
时我们一起看的。

再后来，听闻他打架斗殴被抓，关于他更多的传闻出现了，
包括这个人好吃懒做、游手好闲、唯利是图、损人利己、无比
贪婪。

想到再次相遇那天，他说，人长大了就得那个样子，改变的
契机是他早早进入社会，早早见识到了社会的残酷、成年人的虚
伪，他还对我说："怎么办呢？我也就这样了。"

突然觉得，他和他的混混儿父亲也没什么区别了。

突然觉得，我们以前做过的一切都毫无意义。

8

我们总是容易被我们讨厌的人定义。

我们总是容易为伤害我们的人埋单。

我讨厌我的父母，所以我声称不想长大。

但成年人远不止一种，成年人不全是虚伪的、自私的。

我的自暴自弃，伤害的恰恰是我自己。

那个男孩讨厌他的父亲，所以他违背父亲的意愿，不好好高考。

而后，他讨厌社会上那些成年人。

我知道，他一定是讨厌的，只不过他选择了另外一条路。

少年见识了世间的残酷，便决绝地与过去决裂，否定过去的自己，拥抱油腻，仿佛这样，他就自洽了，他就成熟了。

但，这个世界上总有不世故的成年人是不是？

我们不过是都选择了那条让自己舒服，同时姿态又好看的路。

9

生日那天，友人送我一句话：请成为更厉害的大人和更可爱的小孩。

我切切实实被这句话打动了。

这世界上多的是自以为成熟实则油腻的人，或者自以为纯粹实则愚蠢的人。

人类总是把成年人特质和小孩子性格做个对立，仿佛非此即彼，就像成熟的人不会在深夜哭泣，而不负责任的巨婴往往觉得自己代表着纯粹。

成熟和纯粹并不是对立的，最重要的是在成熟的外表下还拥有一颗纯真的心灵。

这并不难做到，不过两点，学会为自己负责，并且，永远相信美好。

10

生日那天我还收到一个包裹，是我妈给我的。

里面有几万块钱，她详细列出了那些钱的明细，包括我打工赚的钱，我每年的压岁钱，以及我上三中时学校给的一万块钱。

想到姜文说过，他一直和母亲搞不好关系，他觉得母亲不爱他，很长时间两个人都没话说。

他母亲去世两年前，突然提出见他并且给了他一个很大的红包，里面装着他母亲的积蓄，都快把信封撑破了。

原来是母亲看他那几年没有电影作品面世，便担心儿子会不会缺钱。

心情复杂。

对了，我妈还给我发了条短信，她说："那些年家里很困难，我们一直觉得对不起你。"

短信是半夜发的，现在谁还用短信啊？隔了一个月我才看到。

那一刻，我觉得自己好蠢啊。

希望你可以成为更厉害的大人
和更可爱的小孩。

14

喜欢你真的好寂寞啊

1

第一次见到阿珍，是在地铁四号线。

地铁里人不多，人们大都沉默，阿珍上来后，坐在我的旁边，从包里掏出镜子开始补妆。

我不知道在地铁上化妆是不是一件不得体的事情。

只是周围的人都用嫌弃的眼光看着她。

我想大概与得体无关，仅仅是因为阿珍长得并不漂亮。

突然，阿珍转过头问我：

"不好意思，麻烦你帮我看一下，我的眉毛画对称了吗？"

我愣住了，不知道该如何回答。

我没敢直视阿珍，只是点头发出"嗯嗯"两个字。

阿珍后来说我表现出一副很敷衍的样子。

要不是注意到我耳朵通红，她绝对看不出我竟然害羞了。

2

阿珍说，她觉得容易害羞的人一般都挺有趣的。

但我觉得，我害羞只是因为自己太无趣。

阿珍说，一个能意识到自身无趣的人，往往才是有意思的人。

我不懂这话什么意思，但我觉得只要是阿珍说的，都挺有意思的。

阿珍那天穿了一条价格不菲的黑色连衣裙，她说这条裙子是为了参加婚礼买的。

然后阿珍说："是前男友的婚礼。"

说完从包里拿出一张请帖，给我看照片说："他们看上去蛮般配的，是吧。"

阿珍向来只用陈述句，说这话的时候，头发挡住了她的脸，我看不到她的表情。

但陈述句往往是最悲伤的。

3

自己的悲伤，通常一顿酒就能解决。

但面对别人的悲伤，我通常手足无措。

我不知道怎么安慰一个在前男友结婚当天难过的女孩。

我笨拙地掏出纸巾给她，因为眼泪让她的眼妆花了，所以前男友结婚的时候，大概是不适合化妆出门的。阿珍用纸巾擦眼泪的时候，擦出了五彩斑斓的伤心。

阿珍留在纸上的眼影，像热带鱼的斑纹，色彩绚烂。

阿珍长得也像一条沙丁鱼，眼距很宽，面无表情。

如果一个人的伤心能像眼泪一样被擦干净就好了。

于是我把一整包纸巾都递给了她。

阿珍却说："擦不干净的，要用卸妆水才能擦掉。"

我要从哪里给阿珍弄来卸妆水呢？

我望着阿珍的侧脸，心想，也许她回海里就好了。

4

阿珍没有穿着那条漂亮的裙子去婚礼现场。

她拉着我去吃海底捞了。

最后阿珍醉了，问她地址也问不清楚，证件也找不到，我只能把她带回家。

第二天我醒后，阿珍正坐在我家餐桌前，喝我昨晚用电饭煲煮好的粥。阿珍说，你这个人还挺不错，蛮讲义气的嘛。

我当时不知道，当一个女孩刚认识就跟你讲义气，这辈子大概也只会跟你做兄弟。

阿珍说："小林，以后你就是我的好朋友。"

我转头去取吐司，假装没有听到这句话。

5

阿珍说她要走了。

我把她送到最近的地铁站，她像鱼一样消失在鱼群里，我想这大概只是萍水相逢一场罢了。

等我转身时，阿珍又突然游回我的旁边，叫我的名字。

她跑得气喘吁吁，问我："小林，我还没有你的联系方式，我们加个微信吧。"

平时很少用微信的我，不知道应该如何添加好友。

我说："怎么弄？"说完耳朵又红了。

阿珍没有因此大惊小怪，说类似"不是吧？这你都不会"的话，阿珍很少用疑问句，她只是耐心地教我接下来的步骤。

阿珍正式成了我名义上的好友。

我寥寥无几的微信名单里多了一个小头像，这大概就是我们友谊万岁的证明。

然后我瞄到她换了手机屏保，已经不是昨天请帖上的那个新郎了。

6

阿珍爱热闹，所以我的生活因为她变得热闹起来。

阿珍喜欢人多的街市，繁华的夜景，喜欢喝醉后对着马桶呕吐。

因为总觉得阿珍像条鱼，所以我以为她是想钻进马桶，然后游回大海。

阿珍喜欢带我去逛所有节日的街道，和阿珍过节的感觉很好。

如果不去那些整个城市最拥挤的人群里，只是我跟阿珍两个人在街上走走，我会觉得更好。

但阿珍说："热闹就在那些地方。"

我觉得我的热闹只在阿珍方圆两米左右的地方。

和阿珍在家看一部孤独的电影，我也觉得很热闹。

但热闹不是我一个人的热闹，阿珍也不是我一个人的阿珍。

所以我总是陪着阿珍在人群中行走。

我又想起了大海里的沙丁鱼。

那是一种细长的银色小鱼，喜欢上亿条那样密集地待在一起，在海洋里翻起巨大的漩涡。

科学家们有的说，它们这样是为了寻找浮游生物之类的食物；有的说它们是为了保护鱼群里幼小的沙丁鱼；有的说它们只不过是顺着洋流，一起随波逐流罢了。

我喜欢最后这种解释，因为我时常觉得我和阿珍也都像平凡生活里的沙丁鱼，顺着洋流，漂向更深的海底。

7

我做了最坏的打算，包括阿珍并不喜欢我。

但相比她不喜欢我，我更害怕她离开我。

我总觉得：即便维持着现状我也心满意足了，至少不会让关系变得更糟糕。

萌生出这样的糟糕的想法，我觉得我已经病得不轻了。所以我把杨家豪约出来吃饭，他是我朋友里最擅长恋爱的，也在酒桌上见过阿珍。

本以为他会告诉我如何才能追到像阿珍这样的女孩，没想到杨家豪点了根烟说："小林啊，李美珍（阿珍的原名）不适合你。"

他把手上的烟灰弹来弹去，说："因为她不喜欢你这种类型的。"

所以说陈述句总是让人悲伤。

我知道他说的是事实，人人都想知道事实的真相，又不想从别人嘴里听到事实，这大概就是爱情里最无奈的一件事。

豪哥最后说："小林，人生不留遗憾，如果你真的很喜欢，我觉得你应该去试一下。"

8

最后，我还是选择把阿珍约出来，在她最喜欢的餐厅跟她告白了。

虽然阿珍喜欢热闹，但这一次我不敢把场面弄得很热闹。

阿珍听我说完，露出了惊讶的神情，很快她就笑了起来。

我看她笑，我也笑了。

阿珍说："小林，对不起，我有喜欢的人了。"

其实阿珍这个人挺讲义气的，对吧？

至少她不会跟我讲一些含混不清的暧昧的话，也不会用欲抑先扬的手法夸我是一个好人，或者跟我说"什么？你居然喜欢我？我一直只把你当朋友啊"之类让人生气的话。

阿珍向来只有干净利落的陈述句，从不拖泥带水。

很快那顿饭变得和往常一样。

阿珍在不断说笑，我时不时应答几句。

我也没问，阿珍喜欢的那个人是谁。

因为我知道不是我，这就够了。

9

　　我曾经喜欢一个人，并且觉得我跟她一样都是流亡在陆地上的沙丁鱼。

　　即便在几十亿的人群里，我也一眼就能把她认出来。

　　但我想阿珍也许并不能很好地认出我来。

　　独自回家时的路灯，比往日要昏暗，我拖着酒醉的身体，整个人都在往下沉。

　　我也察觉到内心因为喜欢一个人而升起的破坏力，像风暴来临前的暗涌横流。

　　我怕让阿珍卷入我的风波，因此决定一早就离开这个地方。

　　有时候当一个人突然义无反顾地要离开一个地方，不是因为这里没有他爱的人了，而是因为眼前有个不爱他的人。

　　小林走了，他可能不会再回来了。

　　我想爱情就是这样的一片汪洋。

　　有的鱼的世界，欢迎任何人到来，但她不喜欢别人长久地停留；有的鱼的世界，不欢迎任何人进入，但倘若你来了，他希望你能长久地待下去。

　　我想大部分的人都是这两种鱼之中的一种，如果碰不到合适的同类，总有一条会想要先离开。

　　至于阿珍的世界，我从未进去过。

　　我总见她喜欢在我身旁游弋，便误认为自己也是一条鱼。

　　原来，我只是海底一颗沉默的石头。

15

谢谢你曾照亮我

前两天，我们征集了"被一束光亮改变"的故事。

我们收到了许多读者的反馈，看完这些把善意传递下去的故事，心里暖暖的。

篇幅所限，我们从中挑了九个，现在，我想把这些普通人"被光照亮"的故事分享给你们，希望也能温暖到你。

因为一句话，我决定成为一名老师

@曾经的岳家桥小学

上小学三年级的时候，我成绩不算拔尖，性格也比较内向。

班里选数学小组长的时候，数学老师邬老师鼓励大家自愿报名，当时组里并不缺优秀的同学，我想举手又怕自己选不上尴尬，躲在角落里埋着头。

这时候，邬老师突然走到我旁边指着我说："这组的组长就你来当吧。"

我十分意外地看着他，他眼睛散发出的温暖的光我永远都忘不了。

当了组长以后，我的数学成绩突飞猛进，邬老师经常表扬我。我为了得到他的表扬，也更加认真地写作业，一学期下来，我整个人也外向了很多。

如今，很多年过去了，学校已经拆了，我一直没能联系上邬老师。

如果能再见到他，我想亲口告诉他，他当年看向我的时候，就像一束光照进了角落里，那样的光亮足够温暖我的一生。

如今，我也成了一名老师，我深知作为老师不经意间的一个举动就可能会改变孩子的一生，我希望能成为像他一样的光，照亮更多孩子的未来。

那次对话，拯救了一个即将放弃生命的女孩

@CYJ

上小学六年级的时候，我成绩不是很好，每次发试卷老师都是从高分往低分发，班上大部分同学都有试卷了，我被许多人盯着上台领自己卷子的感觉差极了。

我妈当时是全市重点中学重点班的老师，她要求我考进她的班级，再不济也要考进那个中学。

可是我经常连一些最简单的词都不会，每天最痛苦的时候就是我妈给我辅导作业，做不出来的时候就会被骂。

那时候我特别想不开，觉得全世界都知道我是个差生了。走到路灯下的时候，灯突然灭了，就连路灯都嫌弃我是个差生，一点光明都不愿意给我。走到小狗身边，它也躲开我不愿意与我亲近。

有一次语文作文是自命题，我就写了一篇题目叫"我是差生"的作文，通篇表达了自己消极厌世的情绪。

发作文本的时候我的本子还被班里的一个男生拿到了，他大声地把我的作文念了出来，嘲笑我真有自知之明，全班哄堂大笑。

那一瞬间我万念俱灰，眼泪不停地往下掉。

第二天做早操的时候，班主任把我叫到队伍的后面，他温柔地告诉我不要活在别人眼里，要活在自己的世界里，鼓励我积极地面对生活。

回想起来，那次温柔的对话真的拯救了一个即将放弃生命的女孩啊！

谢谢你保守了我青春的小秘密

@ 蜜桃姜饼鸭

上小学的时候，上课传字条被老师发现了。

当时的班主任是一个四十多岁的男老师，姓王，教我们语文，因为上课风格死板，班里没几个人喜欢他。

四五年级的女孩，已经有了点暧昧的小心思。有一次，我在他的课上趁他不注意传了一张字条，字条的内容和男生有关。我坐在教室第一排，趁王老师拿着书背对着我走过时，我伸手把字条传向了过道。眼看着对面同学伸手出来接时，老师突然回头撞见了我们在传递字条。

当时，我半条手臂僵硬地悬在半空，拿着字条，老师看了看我，走过来拿走了字条。

剩下的半节课我整个人都很恍惚，担心被老师找谈话，担心字条里的秘密被公之于众。

下课后我一边想着怎么和老师解释，一边想着应对找家长的对策，后来我鼓起勇气敲响了王老师办公室的门，犹犹豫豫地走向他，很小声地说："老师，今天课上的字条是我……"还没说完，王老师抬头看了我一眼，从裤兜里扯出了那张被揉烂的纸团，还是和没收的时候一样，老师看都没看。

那一瞬间，我突然发现面无表情的王老师尽管看起来冷冰冰的，但其实也会用他特别的温柔去守住一个小女孩的秘密。

你是我志愿服务路上的灯塔

@是大顺呀

2020年初春，疫情肆虐。

作为一名大学生西部计划志愿者，我选择第一时间返回了我的服务岗位，和全体干部职工一起守护一方平安。

当时，我和我的领导，他也是我志愿路上的老师，一起下乡查看疫情。

那段时间，食堂买不到菜，我们总在凌晨一两点开紧急调度会。结束之后，来一桶泡面。他和我们围在一起，一边吃泡面一边说一些加油打气的话。

那一瞬间，所有的辛苦、难过和害怕都好像化成了泡面上空飘散的水雾，很快消失不见了。

一个月前，那位领导履新了，但他就像一座指路的灯塔，指引着我在志愿服务道路上一如既往地走下去。

在我无力对抗恶的年纪，你让我对善良保有希望

@ 小雨

上初中的时候，坐在我后排的男生经常以嘲笑辱骂我为乐，不仅如此，他还煽动他身边的人一起取笑侮辱我。在他的影响下，全班男生都觉得我又傻又憨。

在很长一段时间里，我也打心底里瞧不起自己，觉得自己就是一个很笨且反应很迟钝的人，于是我一直独来独往，害怕靠近人群，害怕成为别人取笑的对象。

我黑暗的生活里出现一束光的瞬间，大概就是胡月出现的那一刻。

她把我当作她的好朋友，她说我一点都不傻。

她性格大大咧咧，不拘小节，却常常能体会到我的脆弱和敏感。

虽然那时候我们的力量还不足以和那些恶对抗，但她总在我受到伤害之后默默地陪着我，抚平我的伤口，并告诉我，我值得被好好对待。

她就是我黑暗的初中时代里那束温暖而耀眼的光。

她让我明白，虽然身陷沼泽和泥泞，也不要忘记要做一个珍惜和感恩善意的人。因为保持善良的人，总会和这个世界的温柔相遇。

我把他当成星星追逐，也成了更好的自己

@Tiffany

上高三那年，我生了一场大病回校之后，一起住了三年的七个室友突然冷落我，不跟我讲一句话，也从来不告诉我为什么，那段时间的生活黑暗且压抑。

当时我一心盼望着高考赶紧结束，尽快离开这里。

那时候，在另一所重点高中的初中同学一直陪在我身边，辅导我学习，在我艺考失败的时候鼓励我。

他就像我天空里的星星一样，成了我追逐的目标，慢慢地，高三的生活也没那么苦了。

高考成绩出来以后，我们考了差不多的成绩，原来当我把他当成星星来追逐的时候，也成了更好的自己。

病痛让我下定决心学医

@RXW

我是一名 SLE 患者，确诊时我只有 9 岁。对于一个生病的小

孩子来说，照亮她的就是守候在她身边的白衣天使。生病的经历很痛苦，除了一直守在我身边的爸妈，穿着白衣的医生、护士也给了我很大的安慰。

他们敬业而辛苦，勤劳而细致，他们身上神圣的光辉照亮了病痛中的我，让我下定决心学医。

如今，我已经在读临床专业二年级了，治病救人的使命感已经成了我的价值观的一部分。

作为病人，也更加理解病人就诊时的病痛和无助，这也更加坚定我想要成为医生的决心。

15 岁的他，拯救了我的一生

@ 莉娅

小时候有一次我差点走失，后来被邻居家的大我十岁的哥哥找回来了。

当时我已经被人贩子抓走了，哥哥的狗发现了我，一直示警大声地吠叫，哥哥报了警并打了电话给我的父母。

如今回想起来，很难想象十五岁的哥哥一个人带着一只狗站在那里不让人贩子逃走，他不停地向路人求救，最终在警察到来之前将我从人贩子手里救了下来。

哥哥一直是我成长过程中的动力，现在他是一名律师，而我正在准备考研，我希望自己也能成为像他一样充满正义感的人。

一瓶水，让我相信一切都会好起来

@ 畅~

2020 年春节，爸爸住院，到医院安顿好已经夜里十二点了。

当时疫情比较严重，因为出来得急忘记戴口罩了，办完住院手续后我又累又渴，那个点附近的超市都关门了，药店里也没有口罩，我跑了很远，既绝望又无助。

走着走着，我突然看到有个宾馆还亮着灯，但已经关门了，我试着敲了敲门，老板问我为什么不戴口罩，我说去医院走得急，我问他能不能卖给我一瓶水，他离开了一会儿拿了瓶水回来递给了我，临走的时候还对我说了句"快回去吧，别担心，会好起来的"。

当时心里面真的很暖，我相信，无论过去多久，我会一直记得那个在深夜里不关灯还告诉我一切都会好起来的好心老板。

最　后

前段时间，我们曾做过一个"不经意间的一句话能伤你多深"的征集活动。

我们收到了许多反馈，不过也让我们想到了事情的另一面——不经意间的行为，是否也同样能照亮一个人的人生呢？

这次的征集，让我们得到了肯定的答案。这九个故事，只是我们征集到的许多中的一部分，即便如此，我们也能看出，把一个人拯救出黑暗，或许真的没有我们想象中那么难。

整理这些故事的过程，让我更加坚定了做一个善良的人的信念，因为善意和恶意其实都是可以传递的，我们无法预知自己的一念之间会给别人带来多大的影响，或许一瓶水、一次挺身而出，拯救的就是别人的一生，而他们也将把你的这份善意，继续传递下去。

既然如此，就努力做一个善良的人，或许，在你不知道的时刻，你也曾是他人眼里的灯塔。

16

你可以试着拥抱孤独

1

今天是我开始独居生活的一周年纪念日。

不仅仅是一个人住这么简单，事实上，在整整一年的时间里，我都在刻意减少社交，增加独处的时间。

我不是一个社恐患者，也不是阿宅，相反地，在此之前我曾有很长一段时间热衷于社交，约饭、约酒、约电影，聊天，大笑，肆意热闹。我很害怕孤独。

后来有一天，和好朋友在她家喝酒，一瓶干白喝得我俩脑袋晕晕的。她看了我一会儿，突然捧着我的脸说："我感觉你应该试试一个人活。"

她说她前两天在家收拾东西，翻到我初一的时候写给她的明信片，用稚嫩的笔触写道："所以短暂的快乐和永恒的孤独，你选哪个？"

我想起来，当时是在美国洛杉矶，大家在环球影城热热闹闹玩了一天，回到大巴车上都躺下了，我没睡。一片安静中看外面点点灯火，突然就想到了这个问题。

"你现在吃饭、喝酒、蹦迪，都是短暂的快乐，都好虚无。你想创作，想做出点什么东西，是要你的灵魂高高地飞起来，要和它独处……你现在在把它往下拽。"

好好笑，这个人喝了酒以后化身哲学家，说这些有哲学意味的台词。

但是还挺有道理的，那就试试吧。

2

独居最大的难点是什么呢？

我想应该是钱吧。

曾经在一本书上看到过婚姻的意义，里面说婚姻制度产生的原因之一，就是两个人形成利益共同体一起生活，可以分摊掉许多时间和经济上的成本。就像大瓶的可乐算下来总比小罐的便宜，两个人的衣服一起洗总是比分开洗要快。

谁不想自由自在地生活呢？可是自由很贵。

还好我从大学开始就有攒钱理财的习惯，咬咬牙从存款里拿出一部分钱，租了一个小小的公寓，搬了进去。

于是我发现，独居和我想象的不一样，好像还挺省钱。

再也不需要和室友因为谁买菜、谁做饭、谁收拾这些琐事吵架，只做自己想吃的，一菜一汤，清淡又节约。

还可以顺应自己的心意养一条蛇和一只蜘蛛，而不必听无意义的尖叫："也太恶心了吧！谁会养这种东西啊！"

终于实现了泡澡自由，下班回家把一颗泡澡球扔进浴缸，点上蜡烛，倒杯酒，听着音乐放空、思考，再也不用担心会有人敲门让你洗快点。

不用在洗完衣服以后看着阳台上被占满的衣架，对着那些早已晾干却没人来收的衣服发呆。不用在上班前焦急地在卫生间门口排队，一边忍受着肚子的疼痛，一边看着时钟计算上班打卡的时间。

最重要的是，我开始减少不必要的社交，拒绝别人吃饭、喝酒、蹦迪的邀请。

一个人吃饭，不用迁就别人的口味，吃不完打包带回家，也不用争如何埋单，不用为了还人情再吃一顿，然后没完没了。

一个人喝酒，避免了无意义的推杯换盏。兴致上来就坐到吧台和调酒师随便聊聊，想安静点就在家倒一杯廉价小酒，配一部电影慢慢喝。

威士忌配《教父》，干红配欧洲文艺片，甜白配恋爱电影，什么酒都能搭王家卫的影片。

一个人就不去蹦迪了。不熬夜、不喝酒之后最显著的变化就是头发掉得少了，皮肤也变好不少。除此之外，记忆力也显著提升，不用写备忘录也能抓住一闪而过的灵感。

计算下来，我因为独居省下来的钱，比增加的房租要多得多。

而且，减少社交以后会发现，你并不会失去那些重要的、真正的朋友，最多只是酒肉朋友不再联系罢了。

以前很流行一个词，叫"无效社交"，然后就会有无数文章和课程教你"如何鉴别无效社交"。其实哪有什么"无效社交"，有的只是"你以为有效所以强加的社交"。

所以当你不再以为自己离开社交就会孤独终老，不再以为自己不合群就是社会性死亡，不再把认识所谓"厉害"的人当作自己的价值的时候，那些自然消失掉的社交，其实就是"无效社交"。

3

独居对我最大的改变，或许是让我开始多读书、多思考。

这一年，我读完了十本书，都是深读。在此之前，这可能是我三年的读书量。

没办法，社交其实很累，回到家即使不睡通常也不会想要阅读。

学着和自己相处是一种奇妙的体验，正如许许多多的社交一样，这是一个越来越熟练的过程。而区别在于，我清楚地知道这种相处是有益的。保持思考能让大脑长期处于清醒而活跃的状态，不需要思考多么有意义的话题，因为思考本身就是意义所在。

前些天看《小妇人》，女主角说，我很讨厌人们说女人只适合去爱，但是，我……我太孤独了。

其实不对，这里的"lonely"应该翻译成"寂寞"才对，因为孤独不是一件坏事。

那些无用的社交，浪费的时间和精力，其实都是为了让自己不寂寞。

每个人都在急着说话，每个人都没有把话说完，热闹过后其实什么都没有留下，像洛杉矶夜里寂静的大巴车，巨大而荒凉的虚无感把每个人吞没。

就好像很饿的时候吃一份代餐，大概只能饱一两个小时，然后更饿，更渴望进食，形成恶性循环。

想要对抗寂寞，只有拥抱孤独。

柏拉图的寓言里说，人生来就是被劈开的一半。在熙熙攘攘的红尘里一个人生活，就是沉下去，寻找丢失的"一半"自我。

独居的一年零一天，我开始喜欢孤独。

图书在版编目（CIP）数据

有幸被爱　无畏山海 / 温血动物著；陈昌主编 . -- 杭
州：浙江教育出版社，2020.11

ISBN 978-7-5722-1033-4

Ⅰ . ①有… Ⅱ . ①温… ②陈… Ⅲ . ①故事—作品集—
中国—当代 Ⅳ . ① I247.81

中国版本图书馆 CIP 数据核字 (2020) 第 231173 号

责任编辑	蔡　歆	**美术编辑**	曾国兴
责任校对	赵露丹	**责任印务**	曹雨辰
产品经理	白玫瑰白玫瑰	**特约编辑**	孙雨晗

有幸被爱　无畏山海
YOUXING BEI AI WUWEI SHANHAI

温血动物　著　　陈昌　主编

出版发行　浙江教育出版社
　　　　　（杭州市天目山路 40 号　电话：0571-85170300-80928）
印　　刷　天津丰富彩艺印刷有限公司
开　　本　880mm×1230mm　1/32
成品尺寸　145mm×210mm
印　　张　6
字　　数　129000
版　　次　2020 年 11 月第 1 版
印　　次　2020 年 11 月第 1 次印刷
标准书号　ISBN 978-7-5722-1033-4
定　　价　48.00 元

如发现印装质量问题，影响阅读，请与本社市场营销部联系调换。
电话：0571-88909719